JN103716

PAPARARERERURU
最果タヒ
河出書房新社

目
沈

愛はいかづち。

大好きだと伝えた瞬間、私のうなじから雷が飛び出して、それを背中につけた避雷針（ひらいしん）が、キャッチするの。ラブイズサンダー。愛はいかづち。私はそれであなたのことを、もうどうだっていい、と思ってしまった。

「というのは嘘です」

は？　とあなたは慌てて一歩前に出る。私は一歩後ろに下がる。

「私が今言った、あなたを好きというのは嘘です。ごめんなさい。でも、よかったでしょ。あなたも、私に告白されて、ぞっとしたでしょ？」

「してないよ」

「あっはは」

「笑わなくていいし。きみは何、病気なの？」

私は美人すぎるという病（やまい）を持っていた。

「はあー……死にたい」


ご説明すれば、私は美人なのです。そして美人で、感情の起伏が荒く、てのひらの感情線は乱れがち。いえす、恋に落ちやすい。すぐ落ちて、すぐ別の恋にも落ちて。落ちっぱなしの私に、頭脳明晰（ずのうめいせき）たちがマシンをつけた。いえす、恋でふるえる精神のビート、心臓のビートを蒸気にかえて、発電するマシンよ。私の恋は必ず閾値（いきち）にたっして、雷になる。背中の避雷針がそれを、キャッチするっていう仕組み。

「それで一万円もらえるだなんて」

「でも相手が本気になったらどうするの」

「大丈夫、そんなの永遠にないよ」

五〇〇円の宅配パックに、蓄電池をほうりいれて送る。それには県一個は救う、電気量が入っているらしい。嘘な気もする。どうでもよかった。私はお金をもらい、発電で、ぱちぱち。人に褒められ拍手される。私みたいな女子高生はあと一万人はいるらしく、けれど、一人にも会ったことはなかった。

「私の失恋について、誰かが何かを聞きたがることなどありませんでした。だってそもそも、記憶に残っていないんです。彼に告白をして、好きですと言った時、私の頭が何を考えていたか、感じていたか、覚えていないんです。私はなにもかも脳波を放棄して、本能で動いていたのかもしれないのです。性欲ですか？　あっはは。私のこの控えめな、心臓や瞳のふるえ、光、けだるいきもち、焦り、憂鬱、心の重点が下がりきって、息が少し浅くなること、それらの原因がすべて、性欲ではありませんように。私には才能があり、すぐれた心の深い海を持っていて、その漣でありますように。満たされなさ、焦りがただの、子どもを欲する本能ではありませんように。そうです、私たちはそう否定するために恋を恋として消費せずに電気にするのかもしれません。この世で最も献身的な行為だと大人たちは言いますが、恋が何よりも不吉で、恐ろしいものであることを彼らは忘れてしまったのです」

「ええっと、ここは？」

「愛を売りさばく女子たちの、チャットルーム」

私たちは決して互いに会おうとはせず、ネットの隅で肩を寄せ合い語りあう。

「本当は、私たちが互いに愛しあえばいいんですよね」

その時、時江というアカウントが突然そう呟いたのだ。そして、誰もが無視をした。私も反射的に目をそらした。けれど。それから、眠り、目覚め、まるで予感がしていたように、彼女のアカウントのプロフィールを覗いてしまった。彼女はあの後すぐ自殺していた。

「あの人、ブスなのよ」

自殺しました、というステータス表示が、人工の光で輝いている。私には誰かの声が聞こえている。ネットも見ていないのに、彼女がいた町を訪れた訳でもないのに。

「あの人、ブスなのに、自分を美しいと思っていたの」「長いことね。誰かに告白しては、すぐ自分からふって」「死んだってことは、ブスだと気づいたのかな?」「大体、あんな恋を電気にするなんてこと、美人がやったら相手が勘違いして、厄介ごとになるに決まっている」「勘違いの不細工がやる仕事よね」「恋の発電」

きみの、葬式できっと聞こえる言葉。私の、葬式でもきっと聞こえるであろう言葉。

私は美人。受け入れられない愛なんて、電気にするしかなかった。世に役だてるぐらいしか、もう意味がなかったんだ。私たちはいつか結婚をして子どもを生むことができるのかしら。できないとしたら、せめて電気を作っていたい。献血や骨髄ドナーになっておきたい。すべて売りさばく私のことを、愚かだと言って、恋だけが人生じゃないと言って。殴ってほしい。生きる。生きるだけで、よかった。そのことを、死にかけさせて教えてほしかった。私は彼女にメールを送るべきだった。

「はじめまして。お互いに愛しあうって素敵ですね。私たち、ブスだから、私たちお互いを、ちゃんと愛せる気がするんです。愛しあって、やっと、両想いになって、それで生きていける気がしたんですよね。私は、きみの頬や唇を、撫でる風になりたかった。せめて、それだけでも、愛を示す行為だけでも、美しく」

恋はいかづち。ラブイズサンダー。美しい雷が私の避雷針に飛んでいった。私。私はそれできみのことを忘れ、また明日から恋を売りさばく。ラブイズサンダー。私は美人。

鳥時代

生きていけないと言えば、白鳥になるような時代だった、ぼくの生まれた時代は、神様も多くいて、死んでしまいたいと言えば簡単に美しい鳥になり星座となっていたのだと思う、それなのにぼくにはただ白髪が増えて、いつか死んでしまった日のために昔の日記を燃やしている、たまに、絶望などしたことがなかった気がして、ぼくは川に足を浸して、友達の名前を呼ぶ、いなくなった友達、死んでしまった友達、ぼくは、長生きをすればするほど、あの日死んだのはぼくの方だったのではないか、と思うのだ。誰も返事をしないから、きみたちが死んだと受け入れられない、うるさく名前を呼んでいるぼくが一番、死人に似ていた。


「まだ死んでないのにうるさいやつだな」

ぼくの友達が部屋にいたのは、45歳の平均寿命ちょうどの誕生日を迎えた日だった。友達は死んだ14歳の姿のままだった。

「生きている間ぐらいは静かにできないのかな。ぼくはおかげでずーっと、あの世で名前を呼ばれて、困っているんだ」

「先に死ぬ方が悪いだろ」

そいつは置いておいたリンゴをゆっくりとナイフで切っている。

「朝飯だよ」

「お前は食べないのか」

「死んでいるのに食べるわけがない」

じゃあ何で用意したんだよ。

「俺が死んでから、ずっと、俺の身体を川で探してくれてありがとう」

「ああ」

ぼくは自分の髪を撫(な)でた。また白髪が抜けて、手の中に残っている。

「俺はちゃんと死んでる。見つけられなくて、お前が川べりに来てはいつも泣いていたのも見ていた」

「出てこいよ」

「はは」

「出てこいよって言わせてくれてありがとう」

今は7時くらいか、外の光が窓から入ってきている。


「うん」

友達の声が部屋に響いて、彼は他の人間には見えるんだろうか。声は？

リンゴはいつも通りの味だ。目の前の友人は死んでいるのにナイフが持てる。服装だって、彼が死んだ時のままだ。彼は鏡みたいだ、ぼくはいま自分が14歳だと心から信じてしまっている。どれくらい空洞のような日々を31年重ねてきたのだろう。

彼はリンゴをぼくが食べ終わるのを見守ると、白い紙を見せた。

「お前のことを星座にしたいと、通達が来て、俺は、お前に送り込まれたメッセンジャーだ」

「は？」

「スカウトマン、とも言えるかな？　友達だから俺が適任だった」

紙には小さな穴だけが無数にあいていて、それが文字だとは思えない。ただ、星空をうつしとったようだ。

「ぼくが？　どうして」

「俺が死んでからずっと泣いてただろう、ずっと探して、そうやって少しずつお前は美しい物語になろうとしている。後世ではお前は白鳥座と呼ばれるだろう。お前の抜けた白髪は、白い羽根だったんだ、お前の涙は白鳥の翼から落ちる川の透明の水、お前は白鳥として友の死を嘆き、お前が死ぬとき、お前は星座として永遠になる」

「勘弁してくれ」

「うん」

「ぼくは永遠に悲しまなくてはならないのか？　死ぐらいは全てを終わらせるものであってほしいよ」

「俺もそう思うよ。星が、美しいものであり続けてほしいという願いなんだろうな」

「それ、断れるの？」

「一応、希望は聞くらしいよ」

「お前は、星座にならないの」

ぼくの言葉に友達は、困ったような顔をした。

「俺よりお前の方が哀れだからね」

「お前は死んだんだぞ」

「自業自得だからね」

「全部あいつらがお前を揶揄(からか)ったからじゃないか。お前はただムキになって」

「死んだのが俺じゃなかったら、お前はそんな庇い方をしないだろ」

友達の父親は太陽神アポローンだった。他の友人たちはいつもそれを疑って、少しもそんなふうに見えないと彼のことを揶揄った。彼はだからムキになって、父親の空飛ぶ戦車を盗み、天界に向かって飛び立ったのだ。友はただ、自分を証明するためで、けれど戦車は暴走し、地上はそれにより燃え盛り、そうだ、無数の人が死んだ。

「お前はぼくの死だけを嘆いて、長いことそのことに気づかなかった」

「気づいていたよ」

「だからお前もある意味では、罰を受けるということかもしれない」

「気づいていたよ。でもぼくはきみの友達だ」

「死んでも仕方のない人がいると思うか」

「いない。でもぼくが嘆くことで、救える人はいない。だからぼくの嘆きは、お前だけのものなんだ」

そのときぼくは、自分が星座になることも恐ろしくない、と感じていた。目の前の友人がそれに賛同しないこともわかった。けれどだからぼくは、永遠に嘆いたっていい、と思えたのだ。

「死んでしまうとその人を悼(いた)み、おもいやることばかりが当然となって、こんなふうに、きみの罪について語ることもなくなるんだな」

「そうだな。俺が焼いてしまった大地はまだほとんどが、元には戻らない」

「けれど、ぼくの嘆きを罪だと思うのはきみだけだよ」

「え?」

「だってそれはぼくがやったことではない」

「……それはそうだけど」

「ぼくはただのきみの友人だ。きみによって死んでしまった人もぼくの嘆きを罰することはできないだろう。ぼくがいることで、被害者のきみへの恨みは増すかもしれないが。それは、ぼくには関係がない。ぼくは星座になって構わないよ」

「待て。俺のことを哀れみながら永遠に空を飛ぶつもりか?」

「ぼくはきみの友達だから。きみが、ぼくの嘆きを受け取れないのはわかっている。きみはきみの罪には誠実でいたらいい、それはぼくの友としてのアドバイスだ。ただ、ぼくはきみの友達を辞めるつもりも、きみを悼むことをやめるつもりもない、というだけ。たとえきみに殺された人々に囲われても。夜の空のあの暗がりには死んだ人間の魂が埋葬されている。きみに焼かれた人たちの上を白鳥としてぼくは飛ぶ。平気だよ」

「きみの寿命は今日の朝8時15分に尽きる。だから迎えに来たのだ」

「そうだったのか」

「きみの髪はまず、全て白い羽毛に生えかわり、きみの体を包んでいく。きみは巨大な白鳥として空を飛び、そうして空の中に溶け込んで、星に迎えられ星座となる」

「美しいなあ、美しい罰だね」

「きみが、やるんだぞ」

「恐ろしいね」

友達はそのとき初めて泣いた。ぼくはそんな顔を見たことがなく、だから余計に目の前にいる友は、やはりあのころの友達ではないのだ、と思う。

「きみは唯一無二の、常に救われ、常に愛されるべき人だったよ。誰にだって誰かはそうで、死んでしまった人も誰かにとってはそうだったのかもしれないけど。きみの家族や、ぼくにとって、きみはあの日以降も、変わらずそうだったよ。でも、きみの罪をぼくらは許してやれない。きみの罪はきみが償うんだ。きみを愛しながら、きみの罪とは関係のない人間として、生まれ、生きてこれたことを良かったと思う。ぼくは永遠にきみを愛していられるから。ぼくは、きみの死を嘆く、星座となろう。永遠にきみの死を嘆く、きみはその下で罪を償うんだ」

ぼくの長い首を抱き締めた、友人の体はあたたかかった。ぼくはまるで生まれたばかりの赤子を抱いたような心地がして、そうしてきっとそのときに死んだ。

恐竜の卵

帰ってくると、岩夫が恐竜の卵を温めていた。きみに任せるつもりはないからと彼は言うけれど、ずっと卵をお腹にくっつけてうずくまっている彼を放ってはおけない。テレビのリモコンとエアコンのリモコンをそばに置いてやって、お茶を飲む？　と聞いたりする。そのうち岩夫が「きみは本当に気が利かない」と言い出した。

「同棲相手が恐竜の卵を温めているんだ、助けてやろうとか少しぐらい思ったらどう？　わたしが温めておくからシャワーでも浴びてゆっくり寝たら？　とか。もちろんぼくが責任を持つよ、この卵を譲り受けたのはぼくだし。でもぼくたちは、同棲している仲だろ」

「そういうことを言われると卵を割ってフライパンで焼くのが、いちばんいい方法におもえてきてしまうんです。もっと、優しくしてほしいです。同棲している仲なんですし……」

心から悲しくてそう伝えた。

岩夫は、ほらまたきみはそういう態度をとる、ぼくがここにいるのもぼくが選んで、自己責任でいると思っている、人生の選択において100％当人が選ぶことなんてありえないのに、と言った。

でもわたしは岩夫を好きになった覚えはあるが一緒に暮らしたいと思った覚えはない、彼が部屋に上がり込んで、わたしの部屋から出勤するようになったけれど、わたしがそれを望んだ覚えはない、わたしのことを彼は恋人だと他の人に紹介しているが、わたしは恋人になりたいと言った覚えはない、わたしにはわたしの名前があれば十分だ。

だからあなたが全て選択をしたようにしか見えない。

「他人はなんだってそうなんだよ、自分の全てを他人が決めているようにおもうんだ、でも他人だって同じようにおもっていて、ぼくはきみがあのとき首の汗を拭いてくれたからこの子と暮らしたいとおもったんだし。ぼくだってきみに、いろんなことを決められている」

　つまり神様が要るんだ、と岩夫は言った。

「まだ信じられないかもしれないけどこのアパートの大家さんは神様なんだよ。ぼくが家賃を渡しに行ったら、そろそろ気づいたかと聞かれて、あっ、とおもった。頷いたら、この卵をくれたんだ」

「神様が全てを決めたと思って楽になろうって？　わたしのことを好きなんじゃないの？」

「好きだけど、こうなったのは成り行きだとおもうよ。このアパートをきみが借りていて、ぼくが上がり込んで落ち着いたのは。成り行きだとおもう。実はぼくもきみもそんなことは望んでなくて、でもそれまでの生活も望んだものじゃなかったから、受け入れているんだ」

「愛とか恋とかの話にならなくちゃ、ポップカルチャーにならないんですけど」

「そういうのは死んだ奴に任せておけばいい」

　岩夫はそうして卵を指差した。わたしは小指で触れてみる、それから中指、薬指。親指以外が触れた頃に、やっと小さな心音を感じる。

「神様はこれをくれた」

「これ、恐竜じゃなくてダチョウじゃない？　大きさとしてはそれぐらいじゃん」

「どちらだっていいとおもう」

「そう？」

「そう」

「ほんとに？」

「ほんとに……そうだよ」

　岩夫は少し自信がなくなったらしく、わたしが置いておいたお茶をストローで飲んだ。

「恐竜だとは言われなかったんでしょ？」

「些細なことですから。神様が言いたかったのは、ぼくたちが神様を信仰して、全ての選択を神に委(ゆだ)ねたつもりでいるのではなく、選択をせざるをえない状況で、数は少なくても、何かを選び続けた結果、現れるのはかけがえのない人生だということだ。ぼくたちは恐竜の卵を見殺しにはできないし、毎晩いろんなことを犠牲にしてこの卵を温めるだろう。そうしてかけがえのない生命が生まれてくるとしたら、ぼくらの人生は明るくなるのではないかって」

「見殺しにはできるけどね」

「えっ？　そうかな？」

「恐竜でも平気」

「ひえ〜」

「命が尊(とうと)いからなんだというの。そもそもわたしたちは生きているという事実を崇拝しすぎだし、命が生まれたら全ての疑問に答えが出る、納得するっていうのは変な話なんだよ。わたしたちは食べるわけ。この卵を。そしたらどう？　生の迫力に黙らされていた全てが、吹き上がるわけよ、それこそが人生でしょ？」

「お腹が空いてる？」

「そう。そうだね。今帰ってきたところだし」

　岩夫は、嘘みたいにあっさり立ち上がって、卵をほったらかしにしたままキッチンに向かった。

「卵が、あ、これは鶏卵ね、卵があるからオムライスを作ってあげます。バターライスですけど」

「まじか、ありがとう」

「資生堂パーラーのオムライスがまた食べたいねえ」

彼が作ったオムライスを食べてシャワーを浴びて寝て起きたら、恐竜の卵は消えていた。岩夫はそのことについて何も言わなくて、最初からそんなものはないって言いたげな様子だった。わたしはでも覚えている。岩夫はもしかしたら、あの卵でオムライスを作ったのかもしれない、いや、もしかしたらわたしのお腹に、あの卵の中の命が、岩夫との子供として宿(やど)ったのかもしれない。なーんてね、ふざけんな。もし万が一わたしたちに子供ができたとしても、それを使命とは思わないし、運命とは呼ばないだろう、それはわかる。わたしたちは成り行きで、きっと寿命が尽きるまで、共に生きるはず、偶然隣に芽を出した、栗と、楓(かえで)の木のように。

ふとあれは、岩夫のプロポーズだったのではないかと思う。

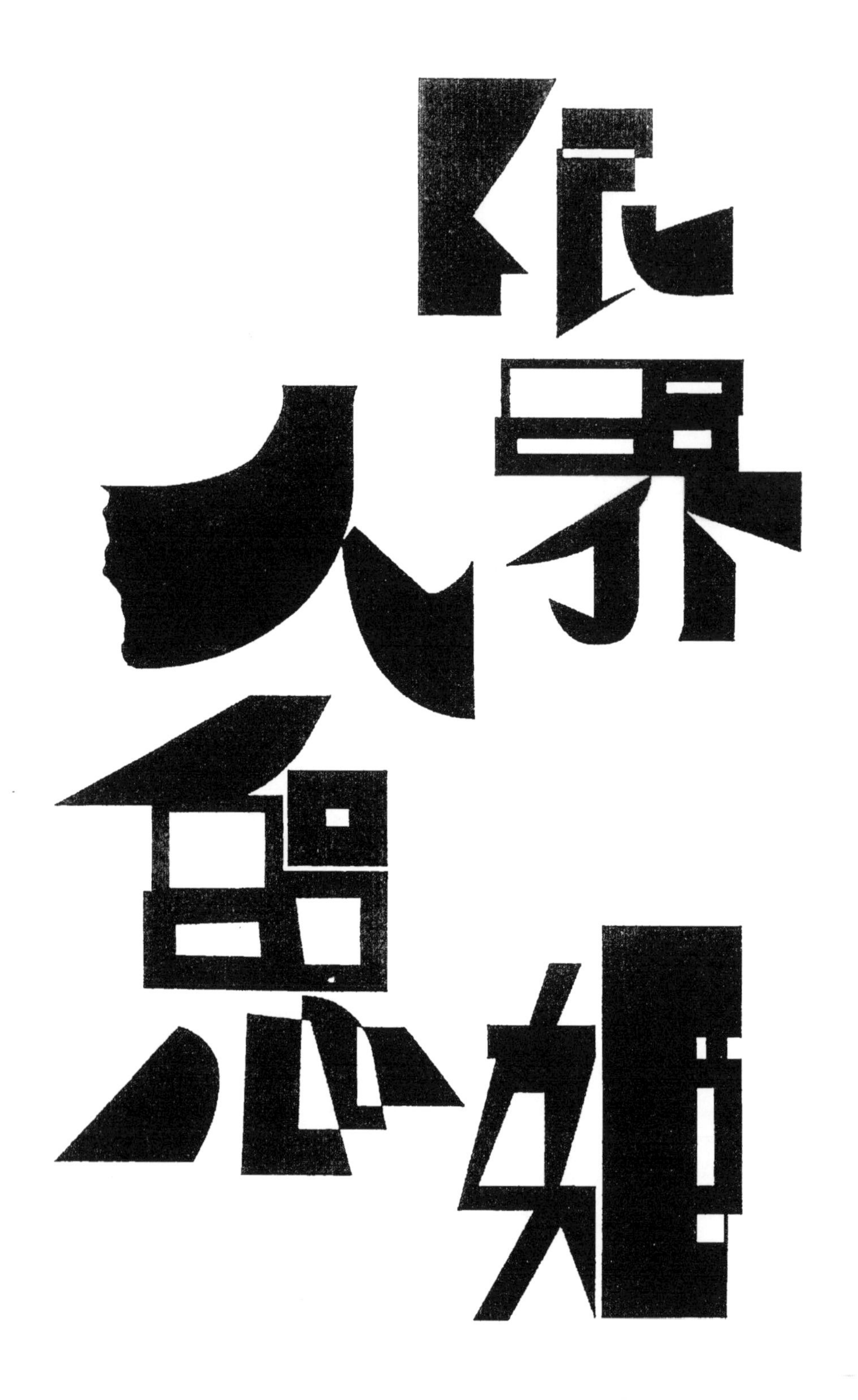

船の上にいた王子様はとても美しい顔をしていて、あれは地上のものではない、あれは水中のものでもない、とも思いました。その直感はもちろん恋として、私の脳から尾びれまで走り抜けていったわけですけれど、それ以外この人のことを何も知らないんだ、ということこそが私にはたまらない出来事だったのです。オペラグラスから覗くその景色はそれだけが全てで、私は、知らない人のことをこんなにも愛おしいと思えるのは、知らないからこそだ、近づけないからこそだと思った。月の光も星の光もあの人のためにあるように思える。でもそれをあの人は気づかない、あの人は全ての光に祝福されるようにして照らされる自分の姿を見ることができないのです。暗闇の水から顔を出し、あなたをあなたが見つめることなどできないのです。そうして私は伝える術を持たない。あなたに、あの時の私の思いを少しでも知ってもらえたら。あなたが不安でたまらない時、悲しくてたまらない時、ただ励ます光となれたら、私は嬉しい。あなたに私を知ってほしいわけではなかった。

それは連日あなたを観に行っていた夏の日の夜、三日目の晩におきました。遠くの海底で起きた小さな地震によって生まれた波が船を襲い、あなたの乗る船は右舷側が破損、逃げる暇も与えずに沈み始めたのです。私は選ぶことも考えることもできないままにあなたを探し、溺れるあなたの命を救おうとしました。沈んでいく船に、どれほどの人が乗っていたでしょう、かれらは人魚の私を死の間際に見た「幻」だと思ったのでしょうか。私は、彼が水中では生きられない、ということがどこか信じられなくて、でも、苦しそうだからと顔を水から上げてやり、そして寒そうだからと砂浜に打ち上げてやったのです。何も知らない美しいその人が、海では簡単に死にそうになるのだという事実は、私にただ動揺をもたらしました。

私は何も知らなかったのですね、そして、知ってしまったのですね、関わってしまったということ、あなたを救ってしまったという罪の意識。恐ろしくてたまらなかったのです。

「命の恩人です、と名乗り出ればいいじゃない」

「うそでしょ？　そんな恐ろしいことできません！」

「好きなんでしょう？」

魔女見習いの友人は私の話が少しもわからないみたいだ。

「好きですけれど、この好きは、遠くにいると思っていたからこそ、どこまでも胸の中で膨らませていけたものなのです。私はあの人に触ってしまった。私は私が全く知らない人に好意を抱いているというその身勝手さを、彼の肩を抱いているとき自覚しました。なんてことをしたんだろう！　死なせておけばよかった！　いえそれはだめ、死んではだめ、だから救います、そして私は罰を受ける、それしかありません」

「あいかわらず混沌としてるね」

「そう！　わかりました！」

「混沌ちゃーん。なにが？」

「私があの人を救ったのは、あの人が美しいからです。私がいなくても、美しいあの人は、その美しさで必ず救われていました。死ぬさだめにはいない、ということですよ。私は、私はやはりとても図々しいことを……」

「何を言っているのか最初から最後までわからないけどとりあえず人は死ぬよ。人魚よりずーっと短命なんだから。60年ぐらいで死んじゃうんだよ？」

「60年？　なんて儚いの！」

「またそうやって目を輝かせる」

「……そう、今まではこうやって遠巻きに彼の儚さや美しさを愛でることもできました。60年、でも彼はあと2秒で死んでしまいそうだった。もう今はどんなに彼のことを愛でて叫んでも、気づいてしまうの、わたし何を言っているんだろうって。彼の体調はどうなんでしょう。やはり最後まで見届けるべきだった……彼の幸福が具体的にわかってしまうから、私は心配をしてしまう。あんな壊れやすい船に彼を乗せないでほしい、というより海は揺れないでほしい！　あっ涙が……命を救ってしまって後悔しています、いえ、してません、してない、してないですけれど……」

「とりあえず彼、船は怖くなったんじゃない？　もう乗らないでしょう」

「えっ？」

「こんな事故の後じゃ、内地にひっこんじゃうでしょう」

「……えっ、ほんとうに？　……もう会えない？　まじで言ってます？」

「いや、これからは危険も減って安心って文脈だったんだけど……？」

「だめ！」

「だめ?!」

「友よ、人魚を人間に変える薬を作って！」

　友人は数日後、本当にその薬を用意してくれたのです。足が手に入るかわり、喉は焼かれ、声は出なくなるだろう、とのことでした。構いません。むしろ声が出なければ関わり合うこともできませんから、ちょうど良いぐらいです。足は動かすたびに激痛が走るそうです、それも構いません。遠くから彼を見るだけで十分ですから。オペラグラスを持っていきましょう。

「そうしてこれはきみにとって、多分予想外なのだけれど。この薬を飲んで、人になった人魚は、人間に愛されなければ死んでしまうんだ。それは、異形であることがバレてはならないし、魔術が知られないようにするための枷(かせ)であるんだけれど。絶対的な味方が必要だということだろうね」

「死んでもいいわ」

「いや死んでもいいわって話じゃなくてさ」

「よろこんで死ぬよ」

「いつもそうだよね、きみはいつもそう。冗談でもやめてよ。私は、ほんとは止めたいし、止められないならせめてこの縛りが、きみが王子と結婚しようとする後押しになればって思っているんだよ。いや、王子でなくてもいいんだけど……」

「それは無理」

「じゃあきみのは恋だ」

「恋が抹消されるほどの存在ってだけだよ。王子以外は人に見えないの、ワカメに見える。でも王子が人かというとそうでもないってかんじ」

「じゃあ頑張ろうよ、というか、頑張るって言ってよ」

「うん、でも好きだけど、結婚したいとかそういうことじゃないんだな、オペラで見えるぐらいの距離がちょうどいい、というかそれ以外はいや、無理、ありえない、そういうことなんだよ」

「それはさ、関わりようがなかったからこそそう思っているだけじゃないの？　あなただって海の民からすれば憧れの人魚姫だよ、知ってる？　みんな遠巻きにあなたを見てる。でもそれってなんか意味はあるの？　って私は思うな。対等かどうかなんか、心と心の話なのだから考えなくていいよ、一度会えばきっとわかる、きみたちはお似合いだよ」

友人は優しい人で、あと誰かのファンになったことがないので、私の気持ちがきっとわからないのでしょう。わからないなりに優しくしたいのでしょう。薬を飲み、波に攫われ目を覚ましたとき、浜辺で王子様が私の顔を覗き込んでいた。ああ、すぐに、これは友の仕業、と思いました。彼女は私のこの思いを恋だと思い込んでいるのです。死んでしまってもいい、と言うことすら予想していて、ここまでしてくれたのでしょう。すこし、困るけれど、友は悪くはありません。あの子はとてもいい子なんです。

「大丈夫？　どこからきたの？」

「……」

本当に声は出ないようです。出ても叫んでしまっていたと思いますしよかった。

「船が沈んでしまったの？　ぼくも前にそんなことがあって……とりあえず、これを羽織って。ぼくはすぐに人を呼ぶから」

逃げたくても、足が痛くて動くことができませんでした。

彼は優しくて（予想通りです）、私のことを心配し、城の一室に住まわせてくれました。声が出ないことも足が悪いことも把握してくれて、彼はできる限りのことをしようとしてくれる。やめてほしい。

「ぼくも見知らぬ人に救われたことがあるんだ。その人には会えていないから、恩返しの代わりに全ての人に優しくしようと思っている」

私は私の存在が、本当に無名の真っ白な光のようになって、彼の心に宿っていることを嬉しく思いました。それこそ死んでもいいぐらい嬉しいって思ったのですが人生は続きます、困りますね。王子は、朝と夜必ず私の部屋に来て、そして、天気のいい日は散歩に連れて行ってくれます。私が最初に薔薇を見たとき目を丸くしたのがとても嬉しかったそうなのです。彼は、園芸が趣味で、いくつもの花を育てている。

「きみはぼくがほんのり覚えている、命の恩人に少し似ている、その人はぼくに水を飲ませてくれたんだ。そうして、助けを呼んでくれた」

それはわたし……、それはわたし？

わたしではないのかもしれません。

「その人は修道服をきていたし、なかなか会える人ではないだろう。きみがその人なら、ぼくはきみと結婚したいと考えるんだけどなあ」

私が逃げたあと、この人を救ってくれた人がいるのか。

なんて人は美しいのだろう、私は心からそう思いました。海も綺麗だけれど、地上も美しくて、私の生きている部分、内臓や血が喜んでいる気がします。生まれてきた甲斐があるって。

「いや、話せないからってぼくはだいぶ勝手なことを言っているな。両親はぼくに結婚相手を用意しているらしいんだ、それはしかたないとも思うけれど、あの人に出会ってしまったから、ぼくはもう受け入れがたくて。修道院にいる人とは結婚できるわけがない、それはわかるけど」

「……」

「変なことを言ってごめん。でもきみと結婚した方が幸せだと思ったのは本当だ、きみがよければ、だけど……でもなんだろう素直なことを言えばいいってことでもないのかもな。ぼくは、今うっすらと罪悪感があるよ」

私は首を横に振る。

「うん、でも忘れてくれ」

嬉しいけれど、なんだか、私の友達がここにいたら激怒しそうな話です。私は、それぐらいに彼は修道服さんと結婚したいのだなあ、と思いました。結婚できたらいいね。もし、彼の心が晴れるなら、その人の代わりをしても構わないけれど、構わないと思うはずだけれど、私は、友のためにそれはできないだろうなあ。それとも、これは謙虚に捉えているだけ？　彼に近づくのが恐ろしいだけ？　彼も、どこまで本気なのでしょう。彼は恋をして、その人に会えないのだ。私だったら気が狂う、私は実際足を生やしてまでここにきた。彼にはすでに足があって、それなのにその人には会えない。私を求めるのはそんな罪深いことだろうか？　私だってそうする、と思う。たとえ罪の意識があるとしても。友達の言い分はわかるし、彼の発言は褒められたものではないけれど、それも踏まえた上で私は彼に、「あの人の代わり」をしてあげてもいいと思った。

「もう刺せ、とのこと」

姉がナイフを持って、崖下で友人からの言葉を伝えてくれたのは翌週のことでした。

「刺せ？　だれを」

「王子だよ」

王子様の婚約者はなんとその修道院の方だったのです。花嫁修行でそこに居ただけで、修道女ではなかった。めでたしめでたし。私は心から嬉しかったのですよ。

「あー……なるほど」

「私たちは代わりに結婚って言い出した時点でヤバいやつだなって思ってたよ？」

「そう？　私だってそうしていたと思うから、それはいいと思うけど。それに王子は、私が王子のことを好きだとは思っていないから」

「だとしたら無自覚すぎる。見合いを強行する親への復讐に、あなたが利用されるのは忍びないって、思うの」

「でも結婚の約束を反故（ほご）にしたらしたでこんなふうに恨むんでしょ？　彼にどうしろっていうの？」

「あなたが恩人だと知って、あなたに恋すべき」

「えっ、ほんとにそうなんだ」

「なにが」

「だって、私が本当の命の恩人で、だから私が結婚するべきだなんて、そんなの理不尽にも程があるでしょう。恩人だから好きになってなんて、むちゃくちゃだよ、私は彼が救われた時点でたくさんのお返しをもらっている。ただ笑顔がこれからも見れたらそれで十分だし、もらいすぎているかもね」

「でも彼はあなたのことを知らないよ？」

「全ての人のことを知ってからじゃないと恋をしてはならないの？」

「あなたは、王子を見ていたいんでしょ？」

「うん、まあ」

　でもそれはこちらの都合ですね。


「彼が別の人と結婚したら、年頃のあなたに会いにくることはなくなってしまう」

「どこかで幸せにいてくれたらいいよ」

　と言うしか、なくない？　我々はそれぞれ人権を持つのです。

「うそ、それなら、あんな薬飲むはずがない」

「それは、そうだね……」

「きみは、このまま愛されなかったら死ぬんだよ」

「死んでもいいよ」

「まだ、それを言う？」

「……」

「それ、まだ言うの？」

「怒ってるね。でもじゃあ殺せって言うの？　それもおかしい。刺したところでどうなるの？　道連れなんてなんの意味もないよ、私は失敗してだから死ぬの、それにどうして殺意が芽生えるの、逆恨みじゃない」

「魔女のあの子が、きみを救いたくて考え出した方法だってだけだよ、恨んでいるわけじゃない、王子を殺せば、あなたは死ななくて済む。愛されないなら愛した人を殺しなさいって。それで両思いと認定させるバグを作ったって言っていたよ」

「バグ?!」

「別に私たちだって、王子に死ねとは思わない。恨みは意味がない、これは手段なの。でもそれにだって私たちは、積極的なわけじゃない。ねえ人魚姫、本当の本当に死んでもいいの？」

「……」

「私たちはきみを愛しているよ。もう言うけどさ、きみが王子を刺せないことなんて、私も魔女も知っている。わかっているよ」

ナイフについた青い宝石に月光が当たる。波音が急に大きくなった。

「……ああ、ナイフ、私が死ぬときのために持ってきてくれたの」

「最後の景色ぐらいあなたはあなたで決めるべきです」

誰も、私を死なせたいとは思っていない。でもこれを持ってくるしかなかった。私がいつ消えるか怯えながら初恋の残骸の中で、故郷から離れ孤独にもがくのが、きっと哀れでしかたがなかったのだ。

死んでもいいなんて嘘です。それを目の前の人に今言うべきだろうか。死ぬしかもう方法がない中で、それを言うべき？　ナイフを持ってくるしかなかった姉に、言うべきだろうか。

「私たちは死んでほしくないと思っているよ、わかる？」

「わかってるよ、ばかだなあ、わからないわけないでしょう？」

黙って、姉は私を見ていた。

「……わかっているような態度ではなかった。そのことを責めないけど」

「……」

「死んでもいいの？」

「よくないよ」

「だよね」

「……」

「わかってるよ、大好きなのはわかっている。死んでもいいとか言わなくてもわかるから、そんなこと言わないでって思っていたし、今死ななくてもそこを疑ったりはしないよ。そう言うしかないぐらい、あなたは全てを賭けて、自分に自分を証明したかったんでしょう」

「お姉ちゃんはわかるの？」

「いや、わかんないよ、でも嘘なわけないし、好きってことを話すときに嘘をつく必要なんてないし、信じられないけど、でも信じるよ。信じない理由がないから」

「わたしも、よくわからない」

よくわからないのだ、どうして死んでもいいと言ってきたのだろう、死にたくはない、でもそれが嘘だったとも思えない、私は結局ここに辿り着いた、多分何度生まれ直してもこうなってしまう、私は彼の姿を見ていたかった、あの瞬間だけが、私の命を燃やす時間だった。死ぬほどでなければ愛せない人だった、死が、あなたを愛する条件だった、勝手に、私はそんな条件を課して、愛していたんだ、だからこんな運命をつかんだ。

燃やしたなら燃え尽きる日も来る気がする、その予感がある限り、心から満たされれば満たされるほど死の匂い。死んでもいい、でも死にたくはないよ、私は私の命をこんなにも美しいと思えたことはない、燃やされていく火は、あなたの星の欠片(かけら)みたいだった。

「死にたくないよ、死ぬ寸前の今は。当たり前だよ。でも、うれしかった、あのときは、死ぬほど、あの時は死ぬほどとしか言いようのないものだった、死んでもいいと思った、そう思うしかないぐらい、彼が全てだったよ」

「それはでも、私たちは悔しいな」

死なないで済む段階に私はもういない、いつかやってくる死に怯えながら海に焦がれるぐらいなら、今がいいとさえ思う。

「ごめんね、でも、私は私の命があんなに大事だったことはなかった、それもまた事実です。だからこそ与えてもらった全てを、彼に賭けたかったんだ、私が私でごめんね」

「……愛しているって言ったでしょ」

「私、すごく幸せだった。ここに連れてきてくれてありがとう、私は私でよかったよ。死にたくはないけど、後悔してるわけじゃない、これ以外の選択はありえなかった。こんなの、少しも美しい結果じゃないって思うけど」

「命を与えるのと同じくらい、死を与えられることを、よかったって私たち思えるだろうか。あなたにこのナイフを渡します。わかる？」

「うん」

私は泡になる、体を投げ出して、ナイフを胸に突き刺して、姉に受け止めてもらってそのまま静かに泡になる、姉の腕の中で泡になるなんて、姉がかわいそう、いろんな人がかわいそうだ、王子も私を翌朝、探すだろうなあ、代わりに結婚してくれって過去に言った自分を責めるのかな、友達に、姉はどうやって説明するのかな、私はでもすごく幸せだったんだよ。今も、幸せだよ。

薔薇の花を初めて見た、本当にきれいな色をしていた、幻なのかと思って触れると、指に棘が刺さって、私の手から溢れる血さえ、咲いていくようにきれいだった。ありがとうって伝えてね、あの子に。あの人にも。お姉ちゃん。

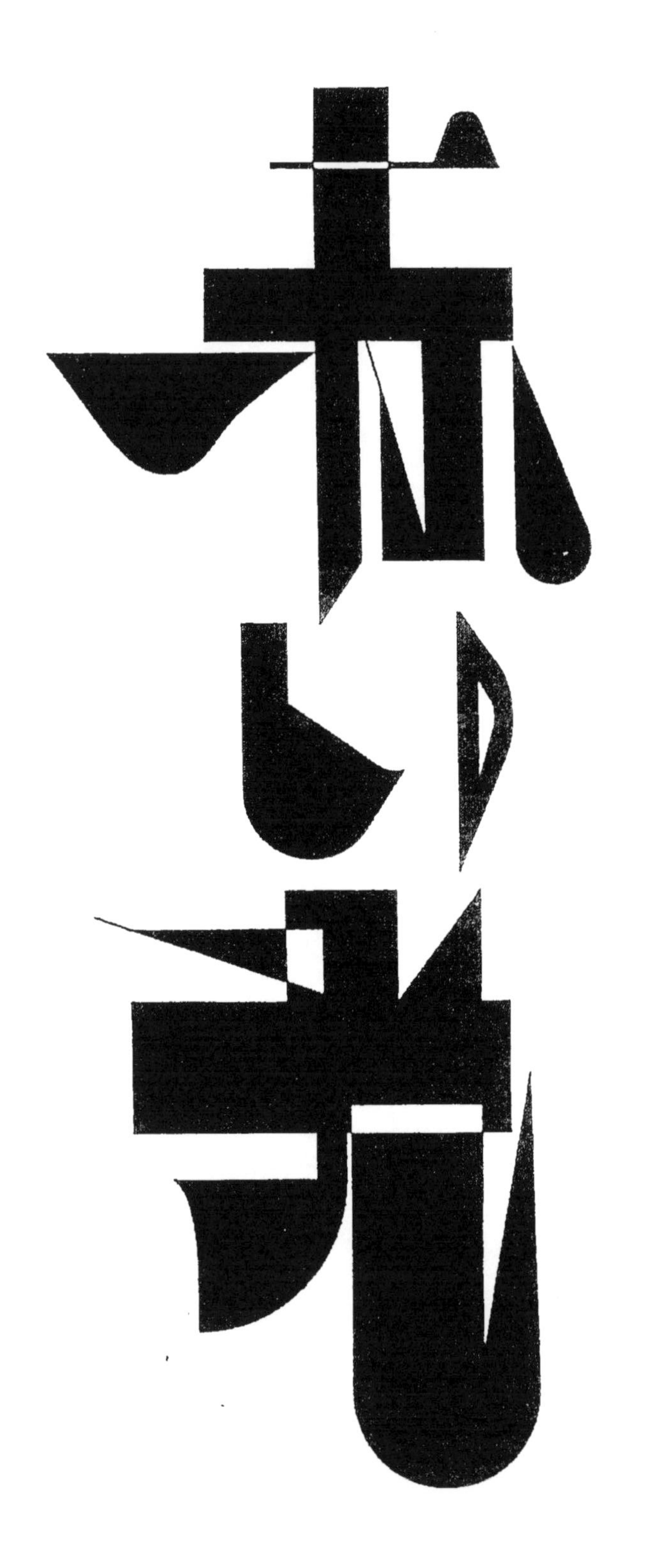

ぼくの町では、赤い光はすべてが、細長神様というかみさまの瞳なのだと教えられて、タワーマンションの屋上の、夜どおし点滅するあの赤い光も瞳なのだとおばあちゃんだけが言った。何を見てるの、ときくと、そんなことは誰も知らない、とおばあちゃんは言う。「しつけのために、悪い子をみつけては罰を与えているんだというひともむかしはいたけれど、でも、私がヤスコを殺したときも、タケルがギターを盗んだときも、何もおきなかったから、きっと人の罪など見ていないんだよ」。おばあちゃんはもう立ち上がることもできないらしい。でも、この町で二番目に高いタワーマンションの最上階の部屋を買って、窓から、他のマンションの赤い光の点滅を見ていた。もはや地面は、一戸建ては、低過ぎて見えなかった。ぼくは、お母さんに言われて毎日、おばあちゃんの様子を見にくるようになった。仕事はカーテンを開けること。最近は、よくわからないことを言う。ヤスコという名前の人はこの家にはいなかったはずだし、タケルという人もいない。でも、ぼくは本当にいたんだろうと思った、ヤスコはおばあちゃんに殺された人で、タケルはギターを盗んだ人だ、ぼくの知らない過去のことだから聞き流している。でも嘘だと軽んじてはいない。死の間際に、嘘を言うわけがないだろう。いや、おばあちゃんはまだまだここで生きていくのだろうけど、でも、おばあちゃんのこの告白は、死が近いと思い込んでいるからこそできるものではないのか。

「おばあちゃんは、そのかみさまを信じているの？」

「さあ、わからないな」

「でもいるとは思うんだ」

「そうだね、今も、私を見ている」

そして、窓から見えるあの光が、おばあちゃんに罪の意識をもたらしているのかもしれない。

「カーテン、閉じようか？」

ぼくはいつも学校が終わるとやってきて、カーテンを開ける。そのあと、閉じることなく帰宅をするから、夜はどうするのだろうと気にしていた。おばあちゃんは自分を傷つけるためにこの夜景を見ているのだろうか。そのためにこの部屋を、買ったんだろうか。

「私は一度も、開けてくれなんて言ってないよ」

おばあちゃんは真っ直ぐにぼくを見て言った。

「え？」

「せっかく、毎朝ヘルパーさんに閉じてもらうのに、君は必ず開けにくる。まあ、でも、だから私は朝日を浴びながら目を覚ますんだ。そうでなければもう、眠り続けて死んでしまいそうに思うから、開けて帰ってくれていつもありがたく思っているよ」

そんなことのために、母はぼくにカーテンを開けろと言ったのだろうか？　というか、帰りには閉じろと、もしかして言われたことがあったのではないか？　わからない。ぼくはどうしてこんなにも律儀（りちぎ）に、おばあちゃんの家に通っているのか。ぼくは、おばあちゃんがここに引っ越してきた初日、おばあちゃんに初めて会った。それからずっと毎日来ている。

「昔はあんなところに光はなかった」

おばあちゃんはふと、思い出したように告げた。

ぼくはふと、おばあちゃんは逃げてきたのではないかと思った。赤い光の連なりから。

夏祭りの時季になると町中に提灯（ちょうちん）が飾られて、赤い光に包まれる。それらすべてが瞳だとしたら隠れることもできないだろう。

「あのときは、かみさまのなかに入り込んでしまったような心地がする。そうして私はその日に罪を犯した。なんだ、罰も何にもやってこないと、赤い光の真ん中でつぶやいたあと、私の魂はずっとあの場所にある。赤い光はいつも私を見ている。見て、そして何もしない、私のことをただ見ている。あの日のままだ、時間が一秒も過ぎていない」

おばあちゃんはぼくを見ていた。

「君はだれ」

「ぼくは孫だよ」

「そう。でも、本当は？」

ぼけているんだ、と言い聞かせた。でも、本当は？

「どうして、毎日私の目を覚まさせるの。どうして、毎日私に赤い光を見せるの。どうして、私のことをおばあちゃんと呼ぶの。私の子供は、ヤスコもタケルも、みんな死んだのに」

ぼくは彼女の手を握った。大丈夫。

「大丈夫」

「大丈夫」

彼女が眠るまでぼくはそう、告げた。

彼女はじっと白い天井を見ていた。

ぼくは、ずっと、彼女を見ていた。

愛してるよん

愛してるさんは生まれた時から愛してるという名前なので、自己紹介をする時、いかにお前のことは愛してない、と伝えるかが人生のテーマであったらしい。ぼくが出会った時も「愛してるといいます。お前には言わないが」と言われてしまった。愛してるさんに姓名の区別はなく、生まれた時から愛してるであり、誰かと愛し合って結婚しても別姓選択の自由を唱えているが、本人は選択することもなく永遠の愛してるだ。

ぼくと愛してるさんは、銀行強盗仲間であった。といってても現金なんてもうほとんどの人間が使わないから、銀行から引きずり出すのは無数の星であり、どうせなら野生する星を拾ったほうが平和的解決、なのではないかとぼくたちは矢ヶ崎川の上流に来ていた。星がよく落ちるスタースポットらしい。愛してるさんは、足を浸してじっと川底の石を見ている。どれが石でどれが星かを見分けることは難しく、日本銀行が飼っているオオサンショウウオだけが判断できると言われているが、愛してるさんもそれで言うとそれなりにオオサンショウウオだった。3分の1の確率で、星を当てて拾い上げる。

「愛してるって言いすぎたから、星も見分けられるようになった」

「意味がわからないし、俺はオオサンショウウオなんですよ、と言われた方がわかる」

「石は人間の脳に近いって知っているか。川が人間の脳に近いのかもしれないが。感情として吐き出されるのは川の水のようなものだが、それよりも底でずっと、青を見たいとか、赤を見たいとか、銀の食器を触りたいとか、願っている石が無数に敷き詰められていて、そういうところに桜を美しいと思う感覚や、夏が懐かしいと思う感覚が備わっているんだ。愛してるという言葉をそのあたりから出すことは難しい、腹の底から出すのより難しい。俺は、名前が愛してるだから、情報としてそれを告知することができる、それは案外心を込めて、相手の心臓を釣り上げるように言う「愛してる」より深いところにある言葉なんだよ、だから、星と石が見分けられる」

「オオサンショウウオなんですよね？」

「うん」

「うん？　うんってどういうことですか？」

「きみが聞くからうんって言ったんだよ。ばかだなあ、聞きたいことがあるならちゃんと聞けば俺は答えるのに」

「本気ですか？」って？　「正気ですか？」って？　どれもこれも「うん」と言われたらそれはそれで疑ってしまう問いじゃないか。


疑うか信じるかとは関係のないところで、自由なところで、その人の話を聞ける間、ぼくは他人のそばにいられると思うし、愛してるさんは名前からして人を信じさせる気がまったくなくて、ぼくはありがたいと思っている。そのことを、この人は全然知らないようだけれど。ぼくにも、人生のテーマはある。ぼくは別に信じてますさんという名前ではないが。

ぼくが試しに拾った石は全部灰色の、ただの小石だった。

この人が星をそれなりに拾える限りは、ぼくはこの人の隣にいるだろう。

眠れる森の美女

眠っている間だけ、私は自分が美しいことを忘れることができました。そのことを話すといくらかの人が不快な気持ちになるので、人にはなかなか言えないのですが、私の夫が、あの荊の森に入ってまで私に会いたいと願ったのも、美しい人がそこにいると噂話を聞いたからなのでした。私は目覚めたとき自分が美しいことを忘れていた。彼は目を見開き、私に妻になってほしいと言った。本当なら「馬鹿げています、お互いのことも知らないのに」と言うべきだったのに、もしかして知り合いだったのかしら？　と思ってしまったのです。

私が眠って、ちょうど100年の時が経っていました。

「美しい人は大変だ、たくさんの人に嫉妬されて」

あなたは最近褒め方がおかしい。

「何が言いたいの？」

「いやぼくの母親がきみの悪口ばかり言うから」

「それを、私に言うのは愚かだと思わない？」

「ぼくってそういうとこあるんだよ、一人っ子だから」

王子、あなたバカですね、と言わないのは私が彼に遠慮をしているからなのか、彼が好きだからなのか。

「お母様が私を嫌いだとして、私の顔が気に食わないって言っているんですか？　それともそれはただのあなたの妄想？　私がお母様に失礼なことを繰り返したからかもしれないじゃない」

「母も昔から綺麗だったから。いろいろ思うところがあるんだと思うよ」

「いま、会話になってないことに気づいてないなら、とてもバカなことですよ」

王子はこれでちょっと嬉しそうにする。本当に嫌だ、このひと、中身も外側もいや。好きじゃない。

「ぼくは綺麗な人が好きなんだ、外見しか見ていない。だから、それ以外の可能性には鈍感なのかもしれないね」

「ほんと正直さを除いてなにもまともじゃないですね……」

「でもそう言いながらもきみは、顔を褒めても許してくれる。そういうところがとても好きだよ。母さんはいつも怒ったんだ、綺麗なママが好きだって言うと。小さいころね」

「そういう人が顔で私を嫌うかなあ」

「とにかく母は、商才を褒められた方が喜ぶよ、あの人は内面を見てほしいんだって」

でも。お母様の洋服の色味はそのときに庭に咲いている薔薇の色に合うように選ばれていて、それを起点にすべてが鮮(あざ)やかに見えるように化粧品も変えている。あれはすばらしいことだと思う。私は、王子の母親がとても好きだった。

「磨かれているからこその美しさだと思うのだけど、お母様のは」

「美しいものはなんだってそうだよ。綺麗ですねって言ったの？　直接？」

「言った、何度か」

「それだな嫌われている理由」

「でも、綺麗なものは綺麗でしょ？　お化粧も服装も、あれすべてお母様が選ばれているんでしょ？すばらしいよ」

「そうなんだよ、わかるよ！」

「お母様は自分のために自分の美しさや、庭の美しさや宝石やドレスの美しさ、すべてを愛でようとしている。私はそういう行為が好きだから、とてもそこを見てしまう。自分を最大限に愛でる方法として、美しい物を愛しておられて、それはお母様にとっては大したことではないし表面的だと思うのかもしれないけど。私は美しいものが心から好きで、信用している。だから、どうしてもその人のそうした点を無視できないんです」

「ぼくはとても今たくさん頷いたよ、心地よかった、わかるよの海だった。でも、それはぼくもまた母のファンだからというだけで、多数決的にこれが正論となるわけではないのだろう。美しさを他人が讃えようとすると、どうしても外側を愛でるような言葉になるし、どれほどそうでないと言っても、そこから逃れられていないのかなと、思うんだ」

「私、今そんな話してました?」

というより、あなたそういう人でした?

「きみはいい話をしているつもりだっただろう、そしてそれはいい話で違いないのかもしれないけど、母にとっては迷惑な話だろう。自分だけのために母が美しくあるなら、他人に褒められることだって土足で踏み込んでこられることじゃないか。母が、何を選んでどのように自分を磨くのか考えるときはたしかに内面の問題なんだ、でもそれを観測するぼくらは、必ず彼女の顔立ちや体型を込みで見てしまう。彼女の運命を織り込んで、彼女の意思を観測するわけ。だから、あの人が目指すものを何もわかっちゃいないんだ。生まれ持った外見が彼女のすばらしさと関係ないと言い切るのは、無茶だね、惚れ惚れするとき、どこかで美しさが正義だとぼくは思っている、その「美しさ」がたとえ、後天的なものとしてぼくの中にあるとしても、先天的なものを完全に除外して他者の外見を見ることがぼくはできないのだ、そのことを無視できないし、無視して語れると思うその傲慢さが当人からすれば明らかで失笑ですらあるのだろう」

「それは、そうかもしれないけど……」

「母がどうして美しいと言われることを拒むのか、というのは、本当はぼくらには理解できないはずなのに、それがわかる気がしてしまうこと、きちんと説明すれば彼女の不快を回避できる気がすることも、愚かしいのかもしれない。母は常に徹底していた、徹底して嫌悪し、嫌悪は伝えるが、そこに理解を求めなかった。その態度を今、ぼくは好きだと思っている、尊敬しているよ。だからぼくはもう長いこと、母の外見を褒めていないんだ」

「あなた、本当に、私に綺麗だからってプロポーズをした人なの」

「まあ、それはそうだよね」

「顔かよ、って思いましたよ、あのときは」


「白雪姫は殺されかけたでしょう、綺麗だったから。継母は嫉妬して殺そうとしたって言われているでしょう。あなたは私を好きになったでしょ、綺麗だったから。私はたしかにお母様の本心なんてわかっていない、私は私自身が抱いた嫌悪感を、お母様の態度に重ねて見ているだけ。私は、生まれたときに魔女に呪われて、綺麗だから呪われたわけじゃない。でもあなたには綺麗だから好きだと言われ、もしも綺麗でなかったら、綺麗でないのに呪われていたら、一人きりで100年後の世界で目を覚まして泣いたのだろうかってやはりどうしても思いました。美しいから殺されかけて、でも美しいから白雪姫は王子様に助けられて、どうしてそんな目に遭わなければならないのだろうときっと思った。あなた方にとっては問題があるのかもしれない、綺麗であることはさまざまな気持ちを喚起するのかもしれない、ぜんぶ、綺麗なお前が悪いんだと思うのかもしれない、知ったこっちゃねーよと思う、あなた方の人生に絶対に関係ない、私たちの見た目は。関係ないのにうるさい、勝手に見て大騒ぎ、土足で踏み込んで、ついには殺したり求婚したり、なんなの？　私の外見は私のためにしかないのに、簡単にみんなのものになっていく、必死でだから私は自分が美しさに振り回されるんじゃない、自分がこの美しさをずっと磨くんだ、ずっと私の手作りの顔だと、この顔を自由にできるのは私だけだと思うために、手入れをして化粧をするの。あなたたちに何かを言われるために生きているわけじゃない」

「まあ、そりゃそうだね」

「まあ、そりゃそうだね?!」

「でもそれは、美しいものを求めてくる他人に振り回されていることに変わりないのではないか。きみがきみを美しくしようとするとき、見ている「美しさ」と、他人が見ている美しさは別物であるとぼくは思うよ。美しいから殺されるのも理不尽だが、美しいから自分は助けられたのか、なんていうふうに考えることも不幸だね。きみがきみを美しくしようとするときに目指すものは誰かが惚れ惚れとするためにあるようなそんな浅はかなものじゃないだろう。きみは、きみのことが好きだろ？　きみが、ぼくの母にきみの嫌悪を重ねるのも、母がそれだけを理由に美しくあるからだと思う。他人とは関係なく、きみは部屋の花に水をやるみたいに自分を綺麗にしている。他人がうるさいから、きみはどうしてもそれらの声を無視できずにいる。でも、きみはきみが好きで、だから綺麗にしてやりたいって思った、それだけでいいようにぼくは思うよ。きみは、きみが綺麗だからきみのことを好きなんじゃないだろ、きみがきみを愛するのは、幼いころから鏡の自分がどんな姿か知る前から、始まっていた。たとえ顔が綺麗だからナルシストになったんだと外野が言ってもさ、自分が愛されていて、愛されることが自然なことだと信じられた3歳のころの感覚が真実だよ、きみはきみが好きだ、きみは幸せになりたい、そこに、きみの美しさなんて関係ない」

その日の夕焼けは真っ赤な薔薇がこの世界を飲み干そうとするような、よく眠れそうな予感のする赤でした。

「じゃあ、なんで綺麗だから好きとかいうの？」

「綺麗だから好きだからだよ」

「あっ吐き気してきた」

「大変だ」

「……」

「……」

「……あなたには自信があるということ？　外見的なものではなく内面的なものとしてのみ美しさを褒め讃えられるって、そういう自信？　いや、でもそれは無理って話をさっきしてなかった？」

「そんなの無理だよ」

「え、うん、だよね」

「でも顔しか見てない人間なんだよな、ぼくは。それも事実なんだよなあ、綺麗な人は綺麗じゃん？さっきまでの話は散々頭の中で考えて出した答えだが同時にぼくは顔しか見てない人間でもあって、綺麗な人が好きなんだよね」

「さっきまでの話が時間の無駄になるのだが」

「綺麗な人が、生まれ持ってのものだけで出来上がっているわけではないこともまた、母がぼくに沈黙して教えてくれたことで、ぼくはだから美しい人を偶然美を勝ち得た人、運が良かった人だとは思えないし、どうしても憧れてしまうんだ。ぼくが見るあなたや母の姿には、絶対に、元の生まれ持ったものは関係していて、それを全く見ていませんという口調で美しさを愛してる、というのは怖いし、どうも気持ち悪すぎるが。それでもぼくは好きなんだよ、綺麗な人が。そう気づいたのは、きみに荊の中で出会ったときだった」


「長いこと、母には美しさのことは何も言わなくなっていた、でもそれは母を美しいと思わなくなったということとは全然違っていた、できるなら、母が受け入れてくれる言葉でぼくが見ているすばらしさを讃えたいと考え続けていた。きみは、眠る前、どんな人だったの？　いつか１００年の時を眠って孤独の中で目を覚ますんだと思ったとき、きみは毎朝、どうしていた？　ぼくは荊の森を通り抜けるとき想像していた、ぼくの母親ならきっと、１００年後一人きりでも、自分が自分を愛せるなら良い、と考えるだろうと。だから精一杯自分の体を美しくして、きっと自らが一番誇れる体で眠りにつくはずだと思った。ぼくは、森の奥で眠るきみが本当に美しくて、泣けてしまったんだ。その理由はわからなかった、自分が、孤独になると知っていて、だからこそとこんなにも自分を愛し抜いた人は、他にいないとそれから思った。

　ぼくは美しい人が好きだ、たまにそのことが不安になる、うわべを見ているのではないか、と思うし、それも間違っていない。ぼくはうわべを見ている、顔ばかり見ている、ぼくは最低だ。でもきみの美しさの前に、はじめて涙がでた。きみの眠りの中に、きみの骨格や肉付きや瞼の形や鼻筋や唇の色は立ち入ることができず、きみはもう他人に自分がどう見えるか、興味がなく、他者に見せるもののための美しさではない美しさを、眠る間、勝ち得ていたよ。ぼくはついに、母の美しさを讃えなくても良い、と思えたんだ。母にいつか伝えたいと願うこと自体がぼくの甘えでしかないと気づいた。そうしてそう知った途端、途方もなくさみしくて、きみは、きみの美しさをどう思うんだろうと思ったのだ。この美しさはすべてがきみの孤独のためにあるんだろう、そしてきみがどう見えるかを、きみは知らないんだろう。きみの美しさはただ孤独な、恐ろしい時間に対して、広がる荊の森で咲いた薔薇だ」

「それはあなたの見るまぼろしですよ、私の外見ではなく、私の内面でもなく、あなたの瞳と心の問題です」

「そうだよ、消費だ。森の中で考えたことも全部ぼくの妄想だ」

「……そこまでは言ってないけど、言われてみるとそうかもと思いますね」

「ぼくも、そこまで言う？　と自分で思いましたけど……言ってみたらそうかもと思いましたね。美しい人が眠っていると言われて、荊の森に案内されたとき、ぼくはその澄み渡った空気の中を歩いて、洗われていくようだった。美しい人がいると言われて、行かねばならないと思った、その事実に後ろめたさがあって、美しいから見たがるなんてと何度も考えて、そのたび、でもぼくは会いたいと思ってしまったと、それを否定はできなかった。１００年前から誰に見せることもなく美しくある人がいるとしたら、会いたいと思った、ぼくは、マザーコンプレックスなのかな」

１００年前、私が眠りに落ちる前、私の父が荷物をまとめているのを見た。私が眠れば１００年、この城は荊に囲われる。父はそれに耐えられないのだ、だからこの城を去る準備をしている。私が眠れば周りの人も眠りに落ちてしまうのだろうか？　それとも、私だけが閉じ込められて、私だけが１００年眠り、目を覚ますのだろうか。とにかく、父もそして母もここを去るのだ。きっとどこかで、私が眠っているうちに死んでしまうだろう。

　私はもうひとり、鏡の中にいる、だから私にだけはまた会える、と思った。私は私に恋をしていられたら、私を家族と思えたら、私に友情を感じられたら、１００年後も大丈夫だと思えた。みんな幸せになってほしい、それだけを、本当は祈りたい。お父さん、お母さん、弟たち、みんな、幸せになっていて、私が眠っているうちに悲劇なんて起きてほしくない。私の心の上にか弱い生き物が、震えながら座っていて、水を少しずつ舐めている。かぼそくて、でも確かに生きている、守らなくてはならないもの。私にとって、みんなそれだった。みんな幸せになってほしい。

「私は孤独ではなかったよ、みんなの方がずっとかわいそうだった」

「きみのいうみんなは、もういないよ」

「幸せにみんな、死んだだろうか」

「わからないよ。でも、きみがちゃんと目覚めるか、一人きりにならないか、心配したとは思う。その点では良い結果がもたらされた。きみは、他者を幸せにしたんだよ、美しく目覚めたことで。それだけで。きみの美しさは他者に評価されたり、競争したりするためにあるのではなくて、ただ、幸せをもたらしたんだ」

「なぜ、あなたが答えるの？」

「はい？」

「私の家族の気持ちを、なぜあなたが答えるの？　なんだか今すごく、あなたは１００年後の人なんだなあと実感しましたよ」

「いや、聞かれた気がしたから……答えたんだけど……」

私は、家族や友達の死をすべてまとめて一度で受け止めるのは無理なんです。あなたは会ったこともない彼らの気持ちが代弁できてしまうけど、それはあなたにとってはどこまでも、私の家族や友人は80年とか60年とか前に死んだ人である、ということで。それがいまわかって、いまの発言でわかって、消費ですね、あなたには、私しかリアルじゃないから。遠くの彼らの言葉を語れる。私を慰めるために。でも、それって消費です。

そんなことをまくしたてて、私は、彼に、「そうかもな、でもしかたがないよ、会ったことがないから」と言われてしまった。間違ってはいない、彼は。わかる、私の方が多分なにもわかっていない。

「それは……そうかもしれませんね」

「うん」

「でも、私のこともまだ、そうでしょう？」

なんとなくそう言ってしまって、それから強く、そうだ、と思った。

「そう？」

「私と、生きようというなら、もう、綺麗と言わないで」

彼はしばらく黙ってから、目を見開いて私をみた。

「今思った。ぼくは、それを母に言ってほしかったんだ」

「そうなの?」

「ともに生きようと言ってほしかったんだ、ずっと、それだけだった、ぼくは、母に綺麗だと伝えたかったわけじゃない」

あなたは私のものではないし、私もあなたのものではないし、だから、余計に、私は、あなたに綺麗と言われたくはない。

「そうなの」

「うん。きみのことが、やっぱりぼくは好きだ。ぼくは今とても、ほっとしているよ」

私はやっと、１００年前にお別れを言える気がしていた。

私の人生が、また始まります。

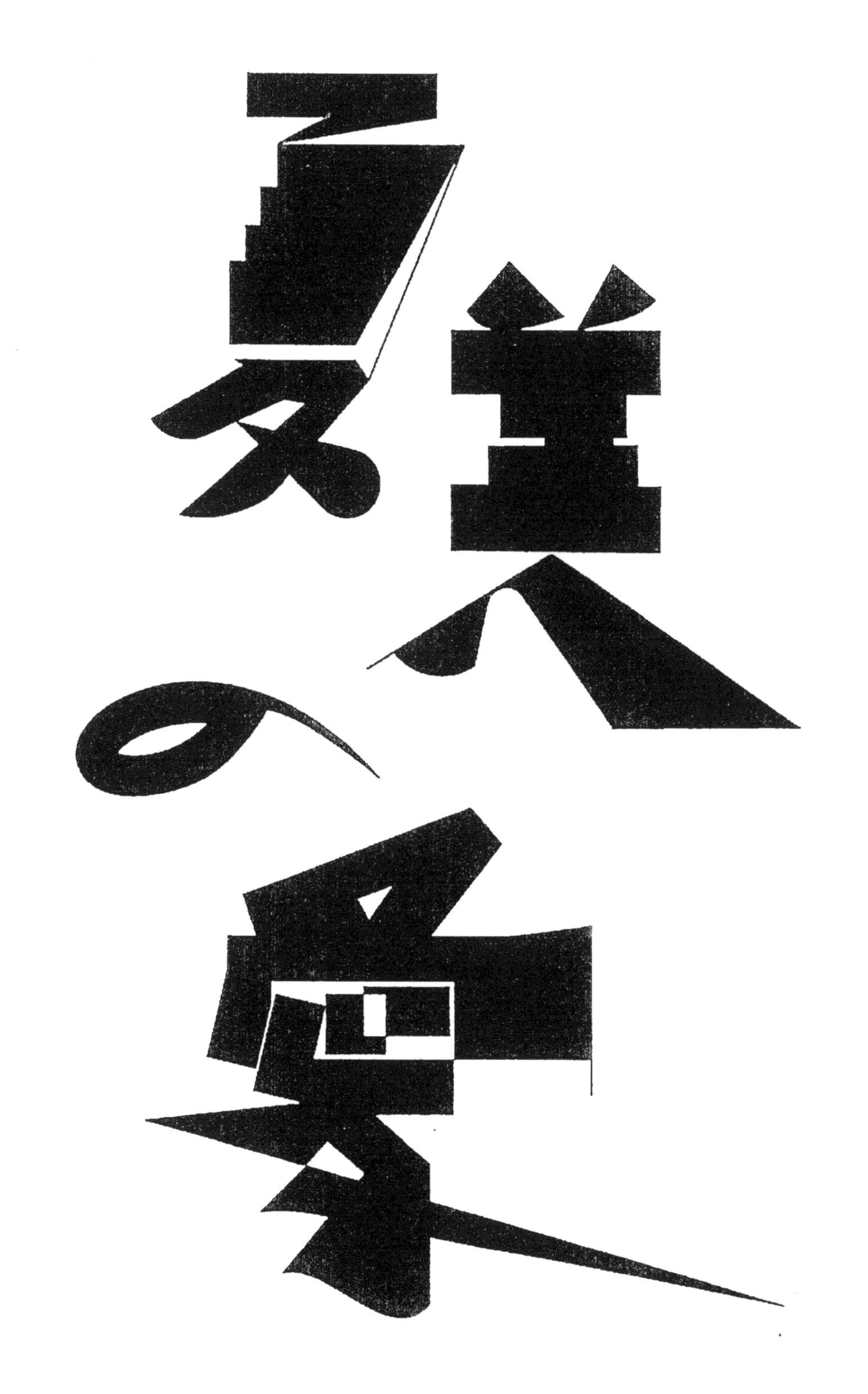
夏美の象

おい、いい加減にしろよ。隕石が今日の21時7分に落ちる予定だった。おれはだから夏美を殺した、どうせみんな死ぬのに、と言われたけれど、だから、おれが殺せるチャンスは今だけだと思ったんだ、おれが夏美の心臓の音が止まるのを確認した頃、ビーという音がして、「隕石が消滅したことを確認しました」と、西田アナウンサーの声がした、それでおれはなつみだったものから逃げ出して、駅前に来たのだ、喜ぶ人ばかりかと思ったのに、空を見上げて呆然としている徹夜明けの新入社員と、あと女子高生がいる。おれは女子高生に声をかけた。彼女は、自殺を考えていたらしい。それなのにこの星が滅ぶと聞いて、しばらくは、もうそんなこと考えなくて済んでいた。なのに隕石は消えちゃって、どうしたらいいんだろう。家には帰りたくないし、おにいさんちにいっても、いいですか。わたし、食パン持ってます。おれの家にきた彼女は、おれとテレビの話をしたがった。アイドルとアニメの話。おれはその内容をほとんど知らなかった。夏美がずっとテレビを占領していた。ゲームばかりやって、おれはだから隕石のことも昨日の夕方、町内放送で知ったのだ。

翌朝、女子高生はあわをふいて死んでいた。おれはそれはよかった、ずっと一緒にいたら、逮捕されそうだと思ったから。けれど、彼女をここにおいておくことはできないなあ。そのとき夏美の体が起き上がり、あのさ、いままでごめんね、これからはちゃんといいこにするから、と言ったのだ。

おい、いい加減にしろよ、このことを話すと、誰もがそう言う、せっかく星の危機を乗り越えたのだ、だからそんなことは言うな、と言うのだ、おれはそれで何も言えなくなる、女子高生の肉体はどうなったっていうんだ、と言われたら、消えた、としか答えられない。もしくは夏美がどこかにやったのか。もしかしたらそんなものは最初からなくて、おれは夏美を殺さなかったのかもしれない、隕石が消えたのは事実らしいけど。

おれはおれの危機を乗り越えるために、喫茶店に友達を呼び出してはその話をし、意味のわからない理由で怒鳴られていた。おれは別に怒られたかったわけではないんだが、と言うと、誰もが呆れた顔をする。夏美ちゃんもう38歳でしょ、結婚したら？　と言うやつもいる。おれはそれから18年間連絡を取ってなかったやつまで呼び出した。そいつは高校の頃にガソリンスタンドのバイトで同じだった木崎という男で、まだ同じ電話番号を使っていたのか、ということに、彼の声を聞いてから思った。けれどそいつも同じことを言う。

「まだ同じ電話番号を使っていたんですね」

「聞いてほしいことがあって」

「何も買いませんよ」

と言いながらそいつは、結婚相手という女性と一緒にその喫茶店に30分後きてくれたのだ。どうやら一度も引越しをしていないらしい。正確には近くのマンションにうつったりはしていたが、町内を出てはいないらしい。

「そういうこと信じていた人いましたよね」

木崎ではなくその女性が言った。そういうこと？

「彗星だったけど」

彗星？

「接近してきた彗星に乗り込むために、死ぬことを選んだ新興宗教ですよ」

おれのは彗星じゃないし、隕石だし、おれの頭の中に神はいない。

「でも、その女子高生は隕石に乗り込んだのかも。あなたが恋人を殺したという事実とともに」

もしかしたら木崎はこの女性と結婚などしていないのかもしれない、木崎は電話では雄弁だったが、喫茶店に入ってからは沈黙している。女性ばかりが話していて、そうしておれのことを納得させようとしている。おれは別に納得などしたかったわけじゃないのだ、と説明をすると、今にも全てを食べ尽くしてしまいそうな三角の目をして、「それはいけません」と言った。

「あなたの未来は変わったのだから、消えてしまった過去にこだわっていてはいけません」

「おれは夏美がしんでいたってよかったんだよ、地球が滅んでいたってよかったんだよ」

「どうしてそんなことを言うんですか？」

話は変わるがこの喫茶店でなんども話をしていたせいでおれは常連客の顔を覚えた。いつもホットミルクとトーストしか頼まないおじさんは、閉店の30分前、オーダーストップの時刻にドアのシャッターが半分しめられたとしても、無理やり中に入ってくる。おれもこういうひとになりたかったと、その度に思うし、老いてなるよりは最初からこうでありたかったと人生を悔やんだ。けれど今からそうであればきっとこの店の店員全員に疎まれて、おれはまた部屋から出られなくなるだろう、夏美に全てを頼らなければいけなくなる。おれはほんとうはみんなに愛されたかったし、夏美だけじゃ足りなかった、夏美しかおれを愛してくれないから、おれは夏美に媚びへつらって、夏美の奴隷となってしまった。本当は夏美だけじゃなくたくさんの人間がおれを愛してくれたら、おれだって隕石が落ちてくれればと願ったりしなかったのだ。もちろんおれの願いと何も関係なく、隕石は落ちてきて、だからこそ消えたのだが。

木崎はまだ黙っていた。女性は今も「あなたはやりなおせる」と言っている。おれはなにもやらかしてはいない、やらかしたことは全部消えた。「そこまでわかっているなら、しっかりしてください、こんな話をあちこちにして、みんな心配していますよ」

「せっかくうまくいっていたんだ、隕石だって落ちてきて、おれは嬉しかったんだよ」

「本当ですか？」

「夏美だって殺せたし、せいせいしたよ」

「本当ですか？」

「あの高校生だってかわいかったしさ」

　確かにあの子が死んでしまったのは残念だった。あの夜におれがちゃんとアニメとアイドルの話をできていたら変わっていたのだろうか。おれが彼女をだきよせていたら変わっていたのだろうか。夏美を殺したばかりの部屋ではそれはむりだった。おれはそういう意味では夏美を殺したことを後悔したかもしれない。

　本当ですか？　という声がしないのでおれが前を見ると、そいつは顔を真っ赤にして、「そうですか？　ありがとうございます」と言った。

「わたしも部屋で死んでしまうのは申し訳ないな、と思ったんですけれど、やっぱり突然会った人が死ぬか、これまで付き合いがあった人が死ぬかなら、後者のほうがつらいな、と思ったので、そちらを優先させました」

「は？」

「でも夏美だってかわいいですよね、今のわたしもかわいいですよね。だいたいみんなかわいいんですよ、好みはあるかもしれませんけれど」

「……」

「それでも久しぶりにかわいいと言ってもらえて嬉しかった。付き合い始めの頃は、わたしのことをかわいいとか言ってくれたのに、もうずっとおいとかお前とかしか言わないし、ついには首を絞めてくる。いや、殺されたことはいいんだよ、でもわたしは、やっぱり君のことが好きだし、隕石も消えちゃったし、君も困っていると思って」

「おれは」

「はい」

「おれは今何を見ているんだ？」

「世界中の人があなたを好きだよ。だってずっと夏美で、わたしで、女子高生で、それから消えた隕石だもん」


そいつは隕石のこころをもっていると言う。おれが落ちてくれと願ったから来たけれど、夏美が死んだ時に、その願いも消えてしまって、だからわたしは夏美のかわりに消えたんです、と言う。おれは無理があるだろうと思った、無理があるとかそういうことはいいんですよ、信じるとか信じないとかいうことでもなく、今すでに起きている出来事、ここ、いま、それ。わかりますか？

おれはそれでもお前のことを信じるわけがないだろう、どうしてそんな意味のわからないことを言うんだよ、おれがすきならどうして木崎と結婚するんだよ！　そう怒っていた。おれは気づかないふりをしていた、夏美がしんだら隕石がおれに必要なくなった、ということは、おれは夏美としにたかったのか、おれは夏美が好きだったのか、夏美と生きることも苦痛だが、置き去りにされるのはもっと苦痛だったのか。木崎はいつのまにか結婚相手と同じ顔をして、こちらをやさしくみつめている、やめろもしかして、おれはまだ生まれていないのではないか？　これから、ネタバラシをして、おれは、生まれるのではないか、母親の子宮から、いま、産声をあげるのではないか。

電話線は赤い

頭の中に本当は脳みそなんてなくて、みんなまるくてくろい電話機がはいっている、じりりって鳴ると心が動いて「もしもし」とつぶやく、その声は、かなしみやよろこびや怒りとして変換され、その人の瞳の色を変える。きみが、その目を見つめて、「ぼくのことが嫌いですか」と言うとき、その人は、なんにも答えられない、「そんな気もするけれど、でも遠くから、わたしともあなたとも関係ない誰かのために、この感情は生まれた気もする」けれど、そんなこと言ってられないよね、人間社会は、手を繋いだり離したりして進むから、「嫌いだった気もする」と答えて、電話の誰かはずっと孤独だ。

かみさまだとおもう、と誰かは言った。電話の向こうにいるのは神様。もう死んでしまったミュージシャンだと誰かは言った。電話の向こうにジムがいる！　誰もが、自分がとても好きで、でも会うことなどない人がそこにいると信じたがった。わたしは、でも、わたし自身がそこにいる気がしていた。学校の椅子に座ると、その硬さが、本当に椅子の硬さなのか、わたしという体の硬さなのかわからないと思っていた。きっと関係している。わたしは、自分がわたしという存在に座っている別物の何かだと知っているのだ。でも、確信を抱いたら、わたしはとたんに「もしもし」と言ってもらうしかない孤独な存在に、落とし込まれてしまうから、たぶんそう、といつもつけたす。このままだと誰も、愛せない気がする。誰とも、友達になれない気がする。でも、わたしはわたしのことを愛したいだけ、ほんとうは。

「わたしが人間の中で一番純粋だと思っている」

クラス委員長がわたしのまえで五円玉を揺らしていた。いつからそうだったのかわからないけれど、彼女が今さっき言った言葉を頭の中で繰り返してみた。わたしが人間の中で一番純粋だと思っている。

「それなら目の前にいるこの人はとても汚れていると思う」

それなら目の前にいるこの人はとても汚れていると思う。

「だから、とても好きだと思う」

だからとても好きだと思う。

委員長はわたしが何も言わないので、五円玉をゆびでまきとって、それからこちらをちらりと見た。

「ごめんね」

でも、わたし、友達になりたかったの。そう彼女は言いたいみたいだ。わたしの中にまだ五円玉は揺れていて、まだ、彼女の声は入り込んできていた。

わたしは何も言わない。彼女は不安になっている。自分のやったことがクラスで言いふらされたらどうしよう、と思っている。


「賢くて真面目な自分が、汚れていると誰かに思われたがっているだなんて、みんなに知られたくはない。誰か一人に知られているぐらいが実はちょうどいいのだし」

わたしはそう一気につぶやいた。

彼女は、言葉につまり、それから目を大きく開く。わたしには、それは花が開く映像を早回しで見ているみたいだった。

蜂が、飛び込みそうです。

「あなたの電話の主はわたしなんです」

そう告げたら彼女はわたしの奴隷(どれい)になる気がした。でも、電話が頭の中にあるっていうことを知らない人だったらどうしよう？

「友達になってもいいよ」

だから、わたしはそう言った。彼女はそれからわたしの、永遠の奴隷となるのだ。


にしても、とても未熟だと思う。自分の声が他人の口から聞こえただけで、自分を手放して、信じてしまうだなんて。なんて哀れでかわいいんだろう。

ふと、わたしも、人を愛せるんだな、と思ったのです。

竹取
未満
物語

ぼくたち月の民には心がないから、だから美しく、ゆるぎなく、永遠の時を生きることができる。ぼくたちには心がないから、愛というものがあるとしたらぼくらの愛は永遠であるとも思う。けれど、愛というものはそもそもが心、そして物思いによるもので、だから心がないぼくたちにはありえないし、そんなものを持つとしたら、それは罪であると人は言う。「だとするとぼくらのは、愛というか、愛ではないのかも」とその人は言って、ぼくもそれはそうかもしれないと思う、ここでぼくたちを罰そうとする人、ぼくら、みんな、愛というものを知らない。

ぼくと手を繋いで、ぼくと、灰色の砂の中を裸足で走った、あの子は罰として、地球に落とされた。名を、かぐやという。

心がないなどとはいうが、ぼくときみは別々の体を持つのだ。そのことの意味を教えてくれない、もはや心がないなら、この別々の体は意味をなさないが、そのことについて誰も教えてくれない。

これはかぐやが地球にいくより前の話。

「怒った？」

「怒ってない、怒らない、月の民は怒らない」

「状況証拠で言うと、めっちゃ怒ってるよ、これは憤怒ってかんじだ、だってぼくが追いかけているのに待ってくれない！」

かぐやの足音が速くなるとぼくも速く歩く。

「追いかけるのはきみの勝手で、ぼくは頼んでないからだろ？」

「頼んでないなら置いていくのか！」

「え？　うん」

「ええ？」

「かぐや」

「はい何」

「かぐやはどうしてぼくの後を追ってきたの」

　ぼくたちはその日裸足だった。月の砂はぼくたちの足にはちょうど良い、冷たくない海の水、怪しくない海の水、濡れることのない海の水。そんな塩梅で、ただ心地よく、ランダムだった。

「あっ、ぼくたち、靴も履いてない」

「いま気づいたの？　靴なんてない方が気持ちいいけど。でもそんなこときみはしなかったでしょう、いままで」

　ぼくは誰にも見つからないように裸足で窓から出たのだ。散歩をするためにはそうした方が静けさが手に入るから。かぐやがついてくるのは想定外だった。

　かぐやは、その場で何度か飛んで「裸足だと、砂が手のひらみたいに足を摑むよ、すごいね」と言う。そして「ぼくたちに心がないって本当なのかって、清薇さんはまえに言った」と続けた。

「よく覚えてるね」

「それは知りたいと思った、ぼくたちには心がない、それはそう。ぼくたちは諍いを起こさない、嫉妬しない、憎まない。でもそれは心がないから？　とてもむなしい解釈だ、地球は穢れた場所だと教えられてきたけれど、あそこにいる人は心があるから醜いのか？　ぼくらは彼らより優れているはずなのに、汚いものを切り捨てて上級なふりをしているのか？　それならぼくって何だろうか、きみっ

て何だろうか。心がないならこの違いはなに。ぼくはもっと確かになりたい、心があるままで美しい
としなければ、へんだ、納得できない。見下すならちゃんと確信を持ってあの青い星を見下したくは
ないですか」

「とりあえず、なんとなく、ぼくを巻き込まないでほしいなあと思うよ」

「大丈夫、ぼくがただ、あなたを愛してみる」

「それは、巻き込むって言うんだよ」

「自意識過剰だな」

「は？　うそでしょ？」

「ね。どうすれば好きになれるのかなあ、清薇さんのこと」

「知らないよ」

「ね」

「きみの、さっきの長い長い言葉はぼくも少し前に述べたことがある。月に生きる人間は心がない。

それはどういうことなんだろうって思うよな、ぼくときみは他人なのに、心がないならなにが「他」

なのだ？　たぶんここにいる誰もが述べたことがある、そうやって繰り返していく疑問なんだろう」

「わからないのにわからないままで放置してきたのか」

「だんだんね、心がないことより、身体があることが不思議になってくるんだよ」

「どうして？」

「どうしてかは、きみがわかったら教えてよ。そこでぼくの気持ちも言おう」

「ふうん？」

足首に流されていく幽霊が何体も引っかかっているような重くて見えない寒さをまとい、もうすぐ夜だと思った。

「きっと似たことを言うと思う」

「でもぼくは心を試す方が興味がある。まだ。愛はあり得るのかについて。行動で作ればいいと思うんだ、心がなくても。たとえばこれからずっと手を繋いで暮らしたらどうかなって思う。どう？」

「ぼくときみ？」

「そう、きみとぼく」

「うそみたいに不便だ……」

「助け合って生きていこうよ」

「なんで？」

「え、なんでって？」

「なにかがおかしいが……」

かぐやがぼくの手を摑む、冷たい。

かぐやにとっては、ぼくの手は、熱い？

「おもしろい、清薇、黙っちゃった」

「2秒だけだろ」

「なんでって言ってたのに、手を摑んだ途端黙ったのはなんで？」

「体温が違うって思ったから」

「ああ、ぼくの」

「冷たいね、かぐやは。ぼくの手は熱い？」

「言われてみれば。冷たい方が気になるよね、温かいのは当たり前だから」

なぜか、初めて二人だけの秘密を得たような気がする。

「どうして体があるのか、わかったような錯覚があるね」

「清薇、それぼくが言った言葉？」

「そんなわけないじゃん、ぼくの声だよ」

「ああ、うん、そう、だけど」


どうして体があるのか、わかったような錯覚があるね。


かぐやの手はそのあとすぐに血まみれになった。

片手が塞がって、無理に文字を書こうとして力を入れすぎ、ガラスのペンが手の中で割れてしまったのだ。

「痛い？」

「痛い」

「血が出てる、止まらないな」

ぼくらはまだ手を繋いでいるから（離せばいいのに）、その手の傷をもう片方の手で押さえることすらできなくて（離せばいいのに）、ぼくはかぐやの代わりに、右手でかぐやの傷を押さえ、ぼくの手も血まみれになっていった。

「触らなくていいよ」とかぐや。

「え？　触るよ。なんで触らないと思ったの」

「でも、これじゃあだめだよ」

「なぜ」

「ぼくら、どんどん互いを自分の一部のように思ってしまうでしょ？」

「そう？　そうだとして何」

「そういうのは、愛じゃない」

かぐやは真っ赤なぼくの手をそっと握った。

「それは別に、どうでもよくない……？　すくなくともぼくは」

「そ？」

「きみはいま怪我をしてるし」

「じゃあ。どうして意味がわからないと言っていたのに手を繋いで過ごしてくれたの」

「その不便さをきみに理解してもらうためには、一回やってみるのが早いと思ったからだよ。血が出てわかっただろう、もうやめよう」

「ぼくを好きなわけではないのか」

「そりゃあ、そうだよ」

かぐやはただ黙ってぼくの手を見ていた。真っ赤なぼくの手をその人は離さず、ぼくらは両手を繋いでまるで月のような丸を描いた。

「……えっ、ぼくを好きじゃないの？」

「なんでそう思うのかぼくはまったくわからないけど」

「こんなにも手を繋いだのに！」

「じゃあかぐやはぼくが好きなの？」

「いや、……そうでもないな。ぼくは、心は孤独のことなのだと思う、地球の人には孤独があり、だから愛があるのだと思う。不安があり心配があり虚しさがあるのだろう。ぼくらにはそれがない。それがないって、美しいことなのだろうか。美しくあり続けるためには必要なのかもしれないけれど。一瞬は、美しくない。ぼくはいまきみに、好きなわけではないと言われても少しも悲しくなかったんだ」

「悲しかったら、美しいのか」

「まあ、それなりに。その場凌ぎで」

「そんなものが必要？」

必要だ、と言いたげな目をして、それなのにかぐやがそれを声に出しては言わなかった。

「かぐや」

その人の手を握り返した。指先から、赤い血が少しずつぼくの手のひらに流れてくる。

わるいものがある、ぼくの中に。いまそれだけがわかった。

「かぐや、一瞬の美しさが必要？」

「必要にきまっている。ぼくときみが一致して、きみがぼくと一つになって、ぼくを憐れんだり、いたわったりしてもしかたがないんだ。それは孤独でなくなるということだから。月の民はみんなそうだ、乾いていくしかないぼくの血の方がずっと孤独で、いいなと思うよ」

　ぼくはかぐやの血を舐めた。

「これでも？」

　返事はなかった。

「全てが一致するとしても、ぼくたちの肉体はそれぞれ分かれている、それもまた一つの孤独だと思うよ」

　ぼくは、かぐやが今、自分を好きになったと、はっきりとわかったのです。

　ここを目指して来たと思った。

　ここを目指してぼくは生きたと思った。達成感でぼくはため息をついた。かぐやは、人のことを好きになる罪でそのうち捕まるのだろうか。それはとても可哀想だけれど、ぼくは、たどり着いたと思った。

「ぼくは今初めて、きみが、月の民なんだと強く実感したよ」

　かぐやは、そう静かにつぶやいた。

「なぜ？　今ほどぼくはきみと個人として対峙した時はないと思うけれど」

「みんな、そのつもりなのだろう。月そのものとしてぼくの前に立つとき、みんなそれぞれたった一人の「自分」として、いるのだろう。愛はそれの手助けをしている。ぼくは確かにいま、きみのことを好きになった。でもぼくはきみがぼくを好きでないということをだからいま、強烈に痛みとして感じている。きみにはそれが少しもわからないだろうことも。きみは、それでいてぼくの好意ばかり気にしている」

かぐやはその後裁判にかけられ、重罪に問われ地球に落とされた。罪状は他者への恋、ではなく、憎しみの顕在、であった。ぼくは、それが理解できなかった。

地球に落とされたかぐや姫は、幾つもの求婚を跳ね除けながらも、帝の言葉までは突っぱねることができず、3年ほど、手紙のやり取りだけは続けていました。「美しい人、かぐや姫、あなたを見てしまったその日から他の誰も美しいと思えない」かぐやにその言葉が意味をなすとは思えません、それは月にいる我々はすべてみな同じように美しいから。あなたは月に焦がれるようにその人を愛すが、かぐやは月からこぼれた一滴の雫で、ぼくたちはそれがわかっている。

けれど、責められません。月の一滴に会えたなら、月を見上げるしかない地球の者はみな、心奪われてしまうでしょう。

ぼくらを愛せるのはぼくらだけです。

かぐやもきっとすぐ、わかってくれる。

わたしの体、きみのもの。
嘘。きみはこんなもの要らないだろう、触れたりすることもない、話したりもしない、空気が抜けていく、わたしが残って、カセットテープが巻き戻るように、夜になって眠る、わたしの愛情より、大切なものが無数にあるはず、きみの部屋には。よかったね、きみは愛されてきたけれど、愛されていたからという理由でその人を愛し返していくだろうし、それを、おかしいっていう人はいないって信じ切っている。よかったね、わたしはきみのことが好きで、きみはだからわたしのことを好きで、そんなことは知っているよ、それは、どんな地獄だろうね。

（しらないよ）

吸うとその酸素はわたしだけのものになる、
きみが吸うものはきみだけのものになる、

「ぼくはみんなのことが嫌いです。」
きみに、そう言ってほしいだけです。好きです。かわいいと思っています。愛しているし愛していることを受け入れてほしい、愛せるっていう基準が人間の中にあることが恥ずかしくてたまらない、かわいいってなんですか、可愛いって愛せるってこと？　かわいいって思うことは、愛してもいいかな、ですか。

「ぼくは、みんなのことが嫌いです。」
きみに、そう言ってほしいだけです。

わたしのお金、きみのもの。
嘘。

嘘？
きみはこんなもの、要らないだろう、
要らないだろうか？

わたしの体、きみのもの。

溶けてしまいそうな脳みそのなかで、つまりさっきまで脳は冷凍されていたのかしらとか考えてしまう。身長が伸びてから頭と手が繋がらないで、どうしてもうまく触れられない。春の中にいると、みんな体がひとまわり大きくなって困っているんだ、みんな困っている時間っていいよね、誰も怒らないし喜ばないし泣かないし、どうして？　って声だけが空に響いて消えていく。僕たちがそこまで困っていないことは、僕たちが一番よくわかっているよ。体があることはそもそも最初から、煩わしいことでしかなかったんだ、誰もいない場所で、日本語でも英語でもない言葉を口走って、なんかそれがめちゃくちゃ面白い話だった気がした。おれには訳することなんてできないけれど、どこかの国でいまの言葉を聞いて喜んでくれるひとが現れる気がしたんだ、そんな予感の中で、じつはみんな生きているのかもしれない。おれが喋れないこどもだったころ、頭の奥では爆笑する人の声がひびきつづけていた、おれはいつかあそこにたどり着いて、愛をお返しするんだって思っていたんです。お母さん。妹さん。娘さん。それだけが優しさだったのに、おれは言葉を覚えてしまったよ。こんなにも春が雑魚に思えるよ。

きみ

は

KoP

口紅を宣伝する看板が、私の頭上で輝いている。ビルのほとんどを占めるぐらいの大きさで、美人が顔をこちらに向けて、笑っていた。私はそいつをめがけてはじめての、引き金を引いたのだ。小さな穴が彼女の皮膚に空いたかもしれない。だれも気づかなかった。それぐらい、足音が大量に鳴り響いていたスクランブル交差点。

　私が大学時代に入っていたサークルは、小さな小さな宗教団体だった。信者はOBを含めても30人で、金銭のやりとりはなく、過去問すら手に入りやしなかった。ただ彼らは円盤形の木の板を崇拝し、それらに触れる勇気すら、忠誠として捧げてしまっていた。だれもそれがなんなのか知らない。30年以上こうやって、一人一人入ってくる新入生とともに奉ってきたのだ。

　私は、卒業の前夜、サークル棟にしのびこみ、それに触れた。そもそも、崇拝なんてしていなかった。ただの木を崇拝する人間達が面白くて、いつか漫画に描いて一儲けしようと思っていただけだ。でも、それなのに、板を前にして手が震える。どうしてかな。わからないけれど円盤を開けたらそこには銃があって、私はもう理由なんて考えるのをやめてしまった。

　それから2年、私は歌っていた。小さなライブハウスから始まり、嫌われたり好かれたりしながら、1万人ぐらいのファンを作った。肯定的な批評家に、バックアップしてもらいながら、CDを出して、有名なライブハウスに出してもらって、そろそろスターになれるんじゃないかって、私のことを大好きな人は言うけれど、バカだね。今がピークだって私は知っている。

CDが発売されたのは今日、それまで私は自分のことを、嫌いだったし今でも大して好きではないけれど、とにかく、そんな自分のことを好きでいてくれた、あなたたちのことが大好きだったよ。彼らだけが私の歌を歌う理由だったし、彼らがいなければ私は、小さなくさい畳が並んだ部屋のすみで、小声で歌っていればよかったのだ。場所を作って、CDまで作って、ここまでしてやってきた理由はあなたたちのためだった。

白いライトが足下にたまごみたいに並んでいた。そこに向かってギターひとつで駆け出して、たくさんの視線に串刺しになりながら、その痛みに泣き笑いして、大笑いして、ありがとうって告げるつもりだったのだ。いつもどおり。そう。たまごの向こう側にあるはずの、あなたたちの顔、それはもちろんいつもどおり、並んでいた。なのにたったひとつがちがう。私そっくりのピンクのツインテール、私そっくりのワンピース。私そっくりの白いレースのついたくつした。あなたたちは、ただの「私」のものまねになっていた。質の悪い鏡が並んでいるだけの、空間に私はとびだしていた。いつのまにか、たくさんの「私」が、鏡で自分を映し出したような私を、とろけるような白目と空洞のような黒目で見つめている。だれとも、目が合わない。だれとも、かいわができているような気がしない。マイクだけがはっきりとそこに存在していて、物質らしく沈黙をして、これから歌うの？　と声にならず口だけが動いて。だれが聞いてくれるの？　だれも聞いていない。私をだれも見にきたんじゃない。ステージにたった、自分の投影を見にきていた。彼らは少しも私のことなんて見たくはなかったのだ。

息を吸って、それから吐いて、ぶらさげたギターにふれもせず。

「おまえら、死ねよ」

鼓膜に届いた声はそれ以上、彼らに届きもしなかった。ただ、ゴキブリみたいに詰め込まれて彼らは、私を憧れという空洞のまなざしで見ている。

声より吐瀉物が出てきそうだ。

歌っても歌っても、なにも入っていかない気がした。感謝とか愛とかそういうものを詰め込むつもりだった器に、砂と泥のかたまりみたいな嫌悪感を詰め込んでいっている。目の前の彼らは気づかず、私の名前を呼び捨てで呼ぶ。なれなれしい。嫌い。

好きだとか、大好きだとか、愛しているとか、私は無警戒に彼らのことを思っていた。私はだれにも今、見られていないのにステージに立って派手なワンピース（古着屋で2万円もした）を着て、ギターなんて弾いて、うたなんて歌って、ライトなんて当てられて滑稽だ。みんな、私を通した自分自身を見にきている。自分が大好きで、自分を肯定しにきている、自分に似ているような気がした私を応援することで、自分を応援しにきている。本当にみんな、私のこと嬉しいと思っていてくれている？　CD発売おめでとうって思っていてくれている？

　こいつじゃなくて私がステージに立っていたらもっとよかったのにって、思ってんじゃないの？

CDにはスペシャルサンクスとかいうものを、書いてしまって、そこに、私の音楽を好きなすべてのひと、とか、書いてしまって、大量に印刷されて全国のCDショップで発売されること、今になってはそれが、ひどく恥ずかしい。愛されているつもりになっていた。私を通じることで、みんな、なんの罪悪感もなく自己愛におぼれることに成功している。私を好きって、言っているのは、本当は自分が大好きって言いたいから。私を好きってことにしておけば、楽だから。おまえらナルシストたちの自己愛発散のサンドバッグになっている私です。

「私は……」

おめでとう、という声が飛んできた。曲が終わって、私がなにかを言いかけた瞬間だった。ありがとう、って言いたくなくて無視をした。私の肌が認識している。今日のライブはすごくいいライブだ。嫌悪感が暴れて、音が暴れて、のんきなやつらの鼓膜の中で暴れている。だれも、それを自分に対する嫌悪感だとは気づいていない。おまえら死ねよ、って言ったとして、それを本気で受け取るひとはここにはいない。その反骨心がかっこいいだとか、そうだそうだみんな死んじゃえとか、都合良く自分を攻撃対象から除外して、ポジティブに解釈をしていく。

「先生、繊細な人間ってさ、本当はものすごくポジティブで、バカなんじゃないの?」

「どうしたの」

アンコールを終えて、舞台裏に戻ってきた私に急に問いかけられ、モラトリアム先生と呼ばれている、音楽評論家が眉をひそめた。

「勝手に曲解して、じぶんのことを悪く言われたとか思うわりには、直接言われた批判に対して、妙に甘い解釈をするっていうかさ、みんなバカって言われたら、それに同調して、自分はそこの例外なんだろうって思っていたり」

「どうしたの、新しい歌詞? メモったほうがいい?」

「歌詞なわけないだろ、バカなの?」

モラトリアム先生は、じつはすごいところのレコード会社の、すごい部署のすごい肩書きのひとらしい。でもわたしには詳しく知りたいことではなかった。

「えーっと? じゃあ続けて?」

「だーからー、繊細だとか弱いだとか自称するひとたちの、あのポジティブさってなんなのって話で」

「それライブ直後にする話?」

「したいから、するの。期待して、しすぎて、そのせいですぐ落胆して、へこんでるだけなんじゃないの。ポジティブなくせに心臓も強くないし覚悟もない、それだけのことなんじゃないの」

「なに、そんなこと考えながら歌ってたの?」

「うん。いいライブだったでしょう」

すごかった、と先生は言った。私は先生の家に今晩はじめて行くことにした。

朝になったら私のギターケースが知らない家の知らない部屋の知らない壁に立てかけられていて、私は服を着ていなかったし、先生はぼんやりと外を見ながらたばこを吸っていた。

「先生、私、先生の会社に入るよ」

「うちは、売れる歌しか売ってないよ」

「なんか好きとかラブとかお砂糖とか、そういうことしか歌わないんでしょう？　いいよ、それやるよ」

先生が振り向いて、困った顔。

「そうしてほしい、って言ったのは先生じゃん」

「……」

「きみに音楽の才能はあるし、ポップスにも結局必要なのは才能で、それらを極限まで薄めてポップスに混ぜるのが、音楽を売るコツなんだーって言ってたじゃん」

「言ったなあ、言っちゃったなあ」

「0と0.0000001はまったく違うのに、今売れているのはみんな0だって。だから長続きしないんだって。先生、私がやればきっと、売れるって」

「言った言った」

「だからやるよ」

「いいの？」

裏切り者呼ばわりされるだろう。今までの私の後ろについてきていた金魚のフンがすっごく怒るんだろう。

「いいの！」

最高だね。

モラトリアム先生という名前の由来はそのつまんない意地とつまんない反抗を、15年前からずっとひきずっているということで、そのくせ大手企業に入り込んでちゃっかり出世してこの高層マンションの最上階に住んでいるということ。白いまっすぐな壁しかないここには、大量のレコードとCDが積み上げられてはくずれおち、そしてまたその上に積み上げられている。隣の部屋にあるのが彼の本当に好きな音楽でそれに、私は興味がなかったから、このリビングにある過去に売れてきたポップスばかりを再生していた。

「大量の肯定に少しだけの否定を混ぜたのがポップスだ」

先生は昔、ライブ帰りの飲み屋で私に言った。

「否定をするのがへたなやつが多すぎて、今のポップスには肯定しかない。けれど否定だけの音楽、きみとかきみと共演している連中とかの音楽は、決してこれ以上は売れない。限界があるんだよ。そもそも受け入れられる人間に限りがあるから」

「だからって全人類に媚びるために肯定するのって変じゃない？」

「そう思うのは勝手だけど。だったらCDを売ったり、ポップスで金を稼いでいるミュージシャンをバカにしたり、バイトやめたいとか言ったりしないことだね。貧乏を嘆くべきでないね。きみたちはプライドを守るためにすすんで貧乏をやっているんだから」


先生は今、新しいアーティストのジャケ撮影だとか言って、裸の私を置いて渋谷に行った。私の名前はまだタワーレコードの片隅に並んでいる。とがっているとか、ひねくれているとか、都合のいいことを言って売られている。

今日もまた、ライブの予定が入っていた。

「変なうたを歌って、それでお金がじゃんじゃん入ってきて、みんなに罵詈雑言なげつけられて、それで生きていくとしてどこがどう、今の私より劣っているんだろうか」

今までの私に誇りがあったのかどうか、知らないけど、だれも、私を本当の意味で、認めてくれていなかったのに誇りなんてもっていたらそれはただ滑稽だし。

「予定していたライブには行け」

今朝、家を出ようとする先生はそう告げた。私はもう、ライブなんか行きたくなかったのに。

「売れたいならご機嫌をとれ。嫌われるな。愛されようと思うな。それは許されようという考えを生む。甘えを生む。ひたすら、嫌われたくないと思い続けろ」

それが凡庸さを手に入れる手段だと。

高層マンションの向かいのビルにはおいしいイタリア料理屋があって、マダムたちがランチをしている隣で私もスマホを片手にランチをしている。あさりと白ワインがなんらかのなにかをしたタリオッティーニ。先生がおいしいと言っていた店だった。

はじめて来た。ギターケースが空いている向かいの席に立てかけられていて、私はそこに先生の顔を思い出しながら、食べたり、特に思い出さずに飲み込んだりしながら、今日行くライブハウスへの近道を探す。嫌われたくないなんて思ったことがない。私、いつだってすでに嫌われているような気がしていた。嫌われたくないだなんて、つまりそのひとに現時点で好かれているに違いないという確信を抱いてなきゃ思いもしないことだ。図太くって気色が悪い。図太さに無自覚なところがなによりも気色が悪い。先生は彼らを、凡庸だと言った。そんなやつらから共感を勝ち取れって。

「私も同じように気色悪くなればいいの？　共感って結局、凡庸になることでしょ？　才能をなくすってことでしょう？」

「そうじゃないよ。共存させろってことで……」

「え？」

「煽動するってことだよ」

ライブが終わって、そのあと夜ご飯をと、先生のマンションのリビングでコンビニのパスタをすすりながら、ビールをあけて、へんな汚れみたいになった夜景を見ている。

「才能は他人にわからないもののことを指す」

「わからないもの？」

先生はもう、ビールを４本飲み干したあとで、私はパスタをもう食べたくないと思ってゴミ箱に捨てた。

「理解できない感覚・考え方・感情。そういったものを当たり前のように持ち続けられる人間が天才なんだ。けれどだからこそ彼らは、理解されない。つまり共感がされない。そうすると売れないんだ。誰にも伝わらないから。まあ本当の意味で伝わることなんて決してないんだが……」

「決してないの？　だれにも？」

「自分の考えや感情を、完全に理解できる人間がいるなら、自分がいなくてもそいつがいたらこの世は成立するってことだよ」

「それは」

優しい目をした先生は、いつだって冷たい声で話す。私は、それをどうやって聞いたらいいのか、今だって知らない。

「完全にわからないというのが、才能の強度だとすれば、それを世の中に伝えていくには、あえてわかる部分を作っていくしかない。それが共感のポイントであり、そこから人は才能の迷宮にアクセスしていくんだから」

「……」

「媚びへつらうのはいやだとか、そんなつまんない意地をやめろ。供給する側は、需要する側より上に立っている。才能のある人間が搾取しているにすぎないんだよ」

「私は……」

利用されていると気づいた。あのステージで、みんなに、私を好きだと言うみんなに、ただ食い散らかされているのだと気づいた。見たんだ、私を餌にぶくぶく自己顕示欲を太らせてきた客たちを。

「そのぶん、金をむしり取ってきただろう」

先生は、そんなときは彼らから奪い取ったものを数えろ、と平然と言うのだ。金だけは絶対的な価値だと。

「相対的な人の評価とは違う。絶対に、ぶれることのない価値だよ。それだけが、きみのプライドを確実に守ってくれる」

「……」

「お前は強者だってことさ。きみはＰＯＰだ。不安にならなくていい」

「……先生は」

「ん？」

「先生は、そう言っていて怖くならない？」

「なんで」

「だって、先生は奪われる側だし……」

先生の目が、冷たく光った。それだけが恐ろしくなる事実だった。目の前でみんながわたしをけしごむみたいに消耗していても、それは別に大した問題ではないような気がするぐらいに。

モラトリアム先生が、ミュージシャンを目指していて、そして挫折したことを知っている。でも、私はああ尋ねた。先生はたぶん、大してがんばらなかったのだろう。だから挫折したんだと思う。

私が予定していた最後のライブはこの3日後で、不思議だった。それまで不愉快でしかなかった、水色
のワンピースと、ピンクのツインテールの女の子たちが、ただの1000円札に見えていた。私は彼らから
いくらもぎ取ってきたんだろう、あいつは毎日ライブに来るし、あの子はこのまえCDを買っていた。あい
つらのために私の着ている服と同じ服をグッズで販売したら売れるだろうか、カツラもプロデュースし
たら売れるんじゃないかな。好きとか嫌いとかそういうこと言っている場合じゃなくて、いいやそういう
関係じゃなくて、私はあくまで彼らに一方通行の影響を与え続けている。煽動せよ。先生の声が聞こえ
ていた。彼らがわたしになにかを与えることは決してできない。

ライブを終えて、他の共演者が演奏する間、私はバーカウンターのお姉さんに飲み物を注文した。

「ああ、あの先生？　今コンビニでよくかかっている曲とか、たいていあいつが関わっているんじゃな
かったっけ」

「だから、先生って呼ばれているの？」

どんな飲み物にもシナモンをかけるこのお姉さんはあちこちのライブハウスをクビになって、そのた
びに所在不明になるけれどやっぱりすぐに見つかる。この大量の自己愛主義者がうごめく下層空間も
結局は狭い世界なんだろう。

「なに、知らないの？　金持ちだからじゃないの。先生におごってもらってない人間はいないでしょ、こ
のへんのバンドマンで」

「つまりただのお世辞ってこと？」

「そーね、わっしょい？　いいじゃん、先生も喜んでいるんだし」

彼女が私のヨギーパインにシナモンをふりかけた。聞こえてくる音楽は、くそみたいな、売れないこと
に開き直った自意識のたれながしみたいなやつだった。

私がその夜3分で作ったその曲は、
先生の部屋で生まれて私と先生はやっぱり裸で、
先生はそれを聞いて、歌詞が、と言いかけてだまった。
私が曲を考えた時間よりずっと長くだまった。

「いいね」

それからそれだけを言って、動かしていたボイスレコーダーを止める。
歌詞が、という言葉が私には気になって、それが先生にもわかっていたようだけれど、なにも、先生は言わなかった。
それは、ネガティブなことを言おうとするときの先生の口調だった。いいね、と言ったのはきっと歌詞のことではなく、
いろんなことの顛末として、だろう。

「売れる？」

「オリコンだと4位ぐらいかな」

「だめじゃん」

「1ヶ月後に1位になるよ」

その通りになった。

厳密には売り出してから4位になるまで3週間の時間がかかった。その間、今までのファンのだれも私に連絡をくれなかった。もちろん携帯電話もメールボックスも怖くて見ることができなかったけれど、まったくといっていいほど、連絡がこなかった。

「ネットで検索すりゃ出るよ」

と彼は言うが私はだまった。それをする勇気がないことを告白する勇気すらない。

「いっぱいある？」

「あるんじゃない？　そりゃあ」

先生は知っている。でも言わないのは私がかわいそうだから、ではなく、

「なんの利益にもならない人間のことを考えるな」

興味がないからだろう。でも、私にはわかってしまう。今ごろ彼らに、変わってしまっただの、私たちを捨てただの、戻ってこいだの、言われていることが。

「だめになったのかな、私」

「それは相対的な評価だから。誰基準かによる」

「……全員によいといわれることはできない？」

「どんな人間でも無理だ」

だから数字はあるのだ。だから金はあるのだ。だからオリコンはあるのだ。

「あとＩヶ月待て。俺の言った通りにお前の歌は上位に来る。俺はまず、お前に、順位ではなく売れた枚数を教える。お前の歌を買った人間の数を教える。いいか？　そのときにもう一度今のことを考えろ」

「……」

「人間が、ただの数字にしか思えなくなったとき、お前は本当の意味で、自分の世界を守れるだろう」

「先生？」

「……なんだよ」

「先生、音楽、好き？」

「好きだよ」

「私の音楽は？」

「好きだよ？」

「今も？　今の、この曲も？」

私のCDは先生の、リビングに置かれていた。他の、自主制作した過去のCDは見当たらなくて、私が入ったことのない部屋に、あるんだろうと思う。

「プロだろ。個人に向けて歌うのはやめろ」

「でも」

「歌うしか、感情表現ができない鳥なのか、お前は」

その夜、わたしは無理矢理先生の部屋に、連れて帰られた。

裸になったら先生は、音楽の話をやめる。なにも言わなくなって、静かに眠る。横顔は、花びらが散ったあとの花みたいに、無骨で少しだけ、気味が悪い。明るい日差しがカーテンから、まっすぐ目覚まし時計と私の小指を切っていく。

「私、ギターケースに銃をいれているの」

サークルの話をすると、先生は同じ大学の卒業生だったと教えてくれた。

「いつ？」

「ぼくは現役。きみが計算して」

奇跡なんてなくて、わたしと先生は構内ですれちがったことはないようだ。

「サークルは？」

軽音楽、という小さな声が聞こえた。そして彼の体は一層縮こまり、さなぎみたいにまるく固まった。

「きみの入っていたサークルは、知っている。友達がそこに入って、おかしくなった」

「宗教だから」

「なんにも搾取されていない、だからこそ、彼はそこを信じていた。金もなにも取られていないし、崇拝の対象は人でないから、誰も優越感すらえていないのだと言っていた」

「それで」

「ぼくの……」

「え？」

「ぼくのバンドはそのせいで解散した」

ふうん、と言ってしまうのを必死でこらえて、彼の背中をじっと見ていた。それが、音楽を諦めるに十分な言い訳になるとは思わなかったけれど、彼はこれを不幸なことと受け止めなければ、生きていけなさそうに見える。

「何かを崇拝したら、それ以上のものには一生なれない」

「先生」

「俺は凡庸だけれど、当時は自分を天才だと思っていた」

「……」

「あいつ、銃の入っていた箱なんかのために、4年も無駄にしたのか……」

ばかだな、と彼は言う。けど、いつもみたいな優越感に満ちた声ではなくて、わたしは、CDが売れたらいいな、と思っていた。

２ヶ月後わたしのCDは５０万枚売れていた。わたしは、先生の言う通り、誰にどう言われているか、どう好かれて、どう嫌われているのか、考える必要がなくなっていた。５０万人分の感情。熱狂もあれば、嫌悪もある。すべては平均化されて、ただの、人として目の前にいた。空っぽのマネキンと同義だった。

「お前にそっくりの化粧をする女が2万人ぐらいはいるだろうな」

その分、2万人の私の格好をださいと噂する人もいるのだろう。

「なんとも思わない」

「だろうな」

「……先生、この売り上げも、想像通り？」

私のCDはもう、1ヶ月間、1位を取り続けている。

「え？」

「ねえ」

「……ぼくは」

あの歌詞が、きみらしすぎると思った。そう先生は言った。

「え？」

「あれじゃあ才能がありすぎる、そこまで売れないと思ったよ。……びっくりした」

本当は1位にはなれないって思っていたんだ、そう言った先生は子供みたいに芯のない弱り切った表情を見せて、それから笑ったのだ。お墓参りの帰り道みたいに。

「でも、売れたよ」

「そうだね、おめでとう」

先生の袖をつかんで、私は、まだじっと、彼の言葉を待ちたかった。けれど、きっとやってくるのは沈黙の時間で、それが怖くて耐えられなかった。

「先生。私、またあのライブハウスで、ライブしようと思うの。自分が消耗品だって、気づけた記念の場所だから。……先生？」

煙が青いわたしの髪に吸い込まれていく。

「先生、たばこやめたんじゃなかったっけ」

「むりだった」

「……でも、吸うのやめてよ、私の前で」

「煙くさくなるから？　テレビに臭いは映らないよ」

「喉が痛むからだよ」

今晩8時。うまれてはじめて、生放送番組に出演する。先生は、それをテレビで見てやる、と笑う。わたしのCDは先生のリビングに置かれっぱなし。封すら、あけられていないのを知っている。

「消耗品になりにいけば、消耗されても、痛くもないんだね」

けれどまったく気にならなかった。

「そう？」

「自己顕示欲のために作ったものを、他人が、自己顕示欲のために消耗するのが許せなかっただけかもしれない。私も結局、ナルシストだったってことかな」

先生が今日、プレゼントしてくれた新しいギターは、白い革のギターケースに入っている。使い慣れたやつじゃないと、と言ったわたしに彼は、アイコンになるギターを持って、そいつを10万台日本で売りさばくためのCMに出ていると思えって言った。お前のことをスターだと、何人に思い込ませられるか。お前みたいになりたいと、何人に思い込ませられるか。

「これは商売だ」

「……」

「お前は、自分のプライドを自己顕示欲の発露だけで守ろうとしてきたが、もうそのレベルの人間じゃない。自分の中だけの価値基準で守るのではなく、外の、絶対的価値によって守れ。それがお前の生きていく術だ。これはきっと……間違ってない」

「先生?」

「忘れないでくれ。きみは……音楽が好きか」

「好き」

先生はタクシーを止めた。運転手に、丁寧に、気をつけて、テレビ局に向かうよう告げた。

「ぼくは部屋のテレビで、きみを見るよ」

「はい」

「がんばって」

「はい」

がんばって、音楽をする、ってどういうことだろう。

わたしには、自分が天才にしか思えない。みんなが振り向くものに
どんな俗な曲だって、わたしが作ると少しだけ、違うものになる。みんなに
なる。すぐに消えるシンガーみたいにはならないであろうことが、わかってしまう。みんなに
才能がないことがわかってしまう。音楽をがんばるってことが、本当に、わからないのだ。がん
ばらないとできないなら、最初からやらなければいい。こんな、才能が絶対条件になる作業な
んて。

先生は音楽が好きじゃなかったんだと思う。あんな簡単に、バンドを諦めて、音楽を諦めて
社会人になって、他人の才能を開花させることに精を出して、お金をかせいで、昔考えてたん
であろうことをわたしみたいな才能のある人間に吹き込んで、なんとかプライドをたもって
いる。かわいいひと。必死で生きているのね。それから、わたしを、大事にしてくれているのね。
わたしは彼にとって、才能があるから大切な存在なんだろうか。それとも音楽を捨てても、大
切に思ってくれるのだろうか、なんて、考える必要はないね。わたしは永遠に天才でいられる
から。

その日、かれは拳銃自殺したわけだけど。

使われた古い銃は、どこかで拾ってきたのか、出所不明なものだという結論に警察は落ち着いた。刑事が証拠品としてそれを持って帰っていく。わたしは一人で白いまっすぐの壁にもたれている。先生はわたしにギターを買ってくれて、だからこのギターケースを今日は部屋においていて、銃が入っていて、先生はそれを頭に向けて。

わたしの名前は亜紀。ミュージシャン。歌える、曲が作れる。尖っている曲も、売れる曲も作れる。たくさんのひとが私を好きと言うし、嫌いと言うし、とにかく知られている。才能があるから。かみさま。

「先生

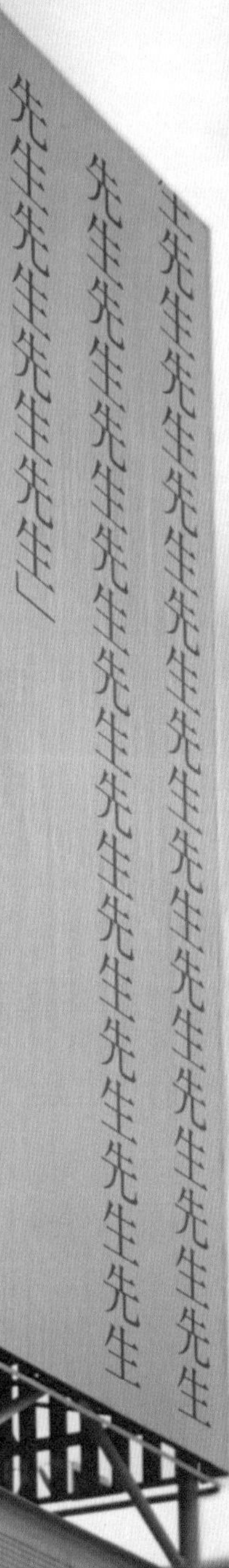

売れて、プライドが守られた。わたしはわたしのままで、やっといられるようになった。それから？

わたしはこれ以上のことを、教えてもらっていない。先生がいない。先生がいない。

音楽を作って売ってお金を貯めて、それから？

音楽を作って売ってお金を貯めて、また作って売ってお金を貯めて、それから作って売ってお金を貯めて、それから作って売ってお金を貯めて、それから作って売ってお金を貯めて、お金を貯めて、お金を貯めて、お金を貯めて。

「あ」

しわしわのばーさんが、こっちを見た気がした。部屋の中にいたはずなのに、いっしゅん。あれは、わたしの老後だ。わたしの。

音楽しか残っていない。
才能しか残っていない。
食べ物がまずい。
愛がない。
友達がいない。
さいきん泣いてない。
好きとか嫌いとか思うときがない。
おふろに入らない。
眠らない。
服があったかくない。
嘘をつかない。
笑わない。
電話を使わない。
ギターしか使えない。
歌ったら売れる。
お金が入る。
息をしている。
水を飲む。
じー。
じー。
じー。

拳銃がない。

Thr

ビルとビルの狭間に、青が充満して、そろそろ夜が来ると思う。夕焼けはとっくに終わったのか、ぼくの背では見えない遠くでまだ燃えているのかしらないが、暗くなる直前明らかに空気が青くなることを、どうして人は夕焼けのように語らないのか。「あれは青焼け？」次第に暗くなる中でぼくは上を見た、そのとき、まだ空は夏の真っ昼間のように青くて、一瞬、夢だろうかと思った。街は暗闇に包まれた。それでも、まだ、空だけが蛍光テープを貼ったように青い。

　こういうことはよくあるんです、テレビの中で誰かが言った。ぼくは知らないぞ、と思うが、返答してもどうせ届かない、テレビを見すぎたせいで、疑問や反論を口にする前に諦める癖がついた、許せないことだけれど癖になってしまったのでテレビばかり見ている、考えなくていいから楽だ、ぼくは知らなかったのだがこれまでの夜も、空が青い日があったのだという。

　要するに、青色の布が星全体に巻かれているらしい。それが夜になるとはっきりと見えるらしく、朝になればまた、日の光が透けてよくなじむので気になりません、とのこと。風呂敷、丸いものでも包みやすいってそういえば昔聞いたな。それを破るためにこれまでなんどもロケットが飛ばされたが、小さな虫食いの穴が開けられただけで、もしかしたら防虫剤が撒かれるかもしれないし、最近はアメリカもこの計画に消極的だ。

「防虫剤が撒かれたら、まあ私たちは死んでしまうでしょう」

　彼らはまだぼくらを見つけていないのだろう。ダニが大量発生した6月、母親は狂ったようになんども煙を焚いていた。あれもみんなが刺されるまでは気づかなかったのだ。ぼくはうっかり青い空をつき破らないように気をつけなければいけない。

　そうしてぼくはテレビを消して風呂に入って眠りについた。青い光がさらに強くなり、この街は強火で美味しそうな焼け目がつく、たべるまえはいただきますを言いましょう、と教育番組が言うから、ぼくも手を合わせなくてはいけない。外で、食べるのもいいね。明日は晴れらしいから、青空がずっときれいだろう。

記憶

の

座落

記憶の麻薬。記憶の麻薬？　記憶が、麻薬になるという話をみなさんは知っていますか？　合法、合法ですが私は今とても後悔しているから、あなたたちには、売買のどちらも禁じたいと思っています。昔、私は初恋の人と偶然帰路がいっしょになって、沈黙と雑談が交ざり合う40分を過ごしました、私のその日の表情は1秒さえこぼれることなく、彼により記憶され、今も、麻薬として出回っています。飲み干せば、瞳の中にその映像が流れ込み、誰でも彼と同じ立場で照れ臭いあの時間を過ごせます。そう、彼は私の表情を1秒さえ見逃さないようにそこにいた、という事実もある。けれどそのことを改めて喜ぶ余裕などありません。甘酸っぱい青春の記憶としてよく売れる、恋する私の表情は。私の顔はこのとおり、なんてことはないどこにでもありそうな顔で、つまり記憶映えするのです。まるでみな自分の思い出のように私を見つめ、昨年11月記憶オリコンチャート1位でした、ありがとうございます、などと、言ってどうするのだろう、私はなにより彼の顔は1ミリだって記憶に写り込まなかったそのことが、ずるいと思う。恨んでいます。

鏡でもなければ、記憶を売った人間の顔が記憶に入り込むことはない。だから、恥ずかしい記憶も売ってしまえる人がいる。私はもちろん、彼のこと、許しませんけれど。許されないということを恐ろしく思わない程度には、彼は私についてもうどうだっていいのだと思います。

「でも甘酸っぱい瞬間の自分が残っているなんて、ラッキーだとも思うけれど」そう友人は言いました。まるで過去に縛られてしまうようで、気持ちが悪いと答えると、彼女は私にキスをしました。目を細めて、「それなら、現在ならいいの？」と言った。いいも悪いもここにはなくて、ただ私が真っ赤な顔をして立っている。そして、この記憶はまた、売りに出されてしまいます。

12月オリコンチャートも1位でした、ありがとうございます。

街を歩いていると、「あ、キス記憶の人だ」と言われます。

その人は同じ道で100回ナンパして、その記憶を売りさばいていると言いました。「あの女の子はきっときみのことが好きだと思うよ。見てからずっと伝えたいと思っていたんだ。会えて、よかったよ」

意味もなく握手をしてくるのです。

「そう伝えて私が真っ赤になると思った？」

どうせ、売るんでしょう？　と思うと、彼の言葉はすべて枯れ葉のように簡単に、吹き飛んでいきました。

「なったって売らないよ」

彼は、まだ真剣な顔をしている。

「ナンパされた人の反応だけを俺は売るんだ。きみのことはナンパしていないから売らない。どうせあの友達とは連絡していないんだろう」

「あなたに関係がある？」

「きみは記憶麻薬を売ったことがないんだろう」

「はい？」

「ずっと言いたかった、きみは無防備すぎる。きみのことを好きになった人が今どれくらいいるかわかっているの？　あれは、ただきみの顔を見るためのものではない。見つめている側の感情が、視線の動きによって生々しく自分に乗り移ってくるんだ。まばたきの回数、視線のゆれ。瞳に感情は宿るんだよ。きみに、みんな、ふられたような気持ちになったんだ。あの麻薬で」

　彼はまだ私の手を離してくれません。

「そんなことは知っていますよ」

　私の返事が意外だったようです。そんな顔をしています。

「自分が映る記憶には没入できないものだから、知らないと思った。わかっているならもうすこし彼女のこと……」

「そうやってお節介な人が現れることが、彼女の作戦かもしれないじゃないですか」

　私は手を振りほどく。

「俺は記憶を見たから、そんな風には思えない。彼女は純粋にきみが好きなんだ」

「私が、彼女ではなくてあなたを選ぶ、と言ったら、どうします？」

「それはもちろん、とっっってもうれしい！」


　私への好意はこうして、無限にバックアップがとられ続けているのです。

　初恋の人が私を好きだったということを親切に知らせてくれる人もみな、私を好きになってしまっているのです。愛に応えてやってくれと言いながら、彼らの中にある好意の残像が、自走をはじめているのです。ほとんどの人が彼女とおんなじ気持ちで私を好きなのだから、彼女が、私を好きかどうかなんて本当に、どうだっていいことに感じてしまう。愛に応えてやってくれという彼らは無駄撃ちばかり。きっと、後悔しているでしょう、彼女は、初恋のあの人は。けれどもしかしたら私のためであったのかもしれない。私に、こんなにも愛に溢れた人生を与えたくて、彼らは――。

しかし私にはどうだっていいことです。愛など私には、どうだっていいこと。私が、好きになる部分がもう世界には一つもありません。

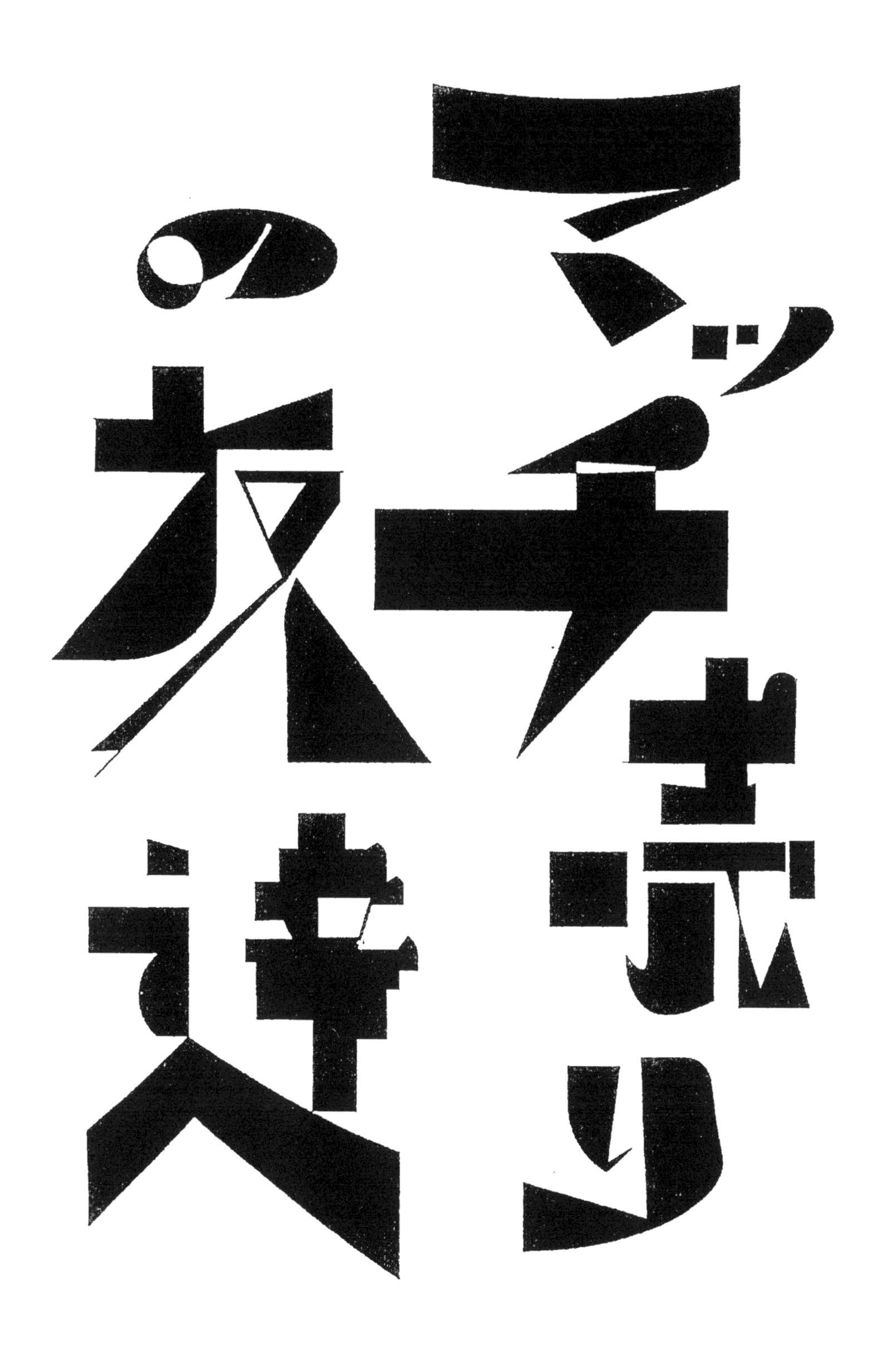
マッチ売り
の夜達

燃やしているの、ときみは言った。

「マッチを燃やしているの。そうしたらきみに会えた」

体を横たえて、好きな歌を口ずさんでいたら、真っ暗な夜の闇の中に窓のような明かりが現れ、そこからきみがぼくを見ていた。

「売り物なのだけど、売れなくて。燃やしていた。燃やすとね、いろんな食べ物や音楽が見えて、ぼくはとても惨めだったよ」

「きみはどこにいるの」

「5番街の裏通りだよ、今日は冷えるね、きみは家の中？」

「ぼくも、食べ物みたいに、炎の中に現れたのか」

「うん」

彼はマッチをまた擦って、そしてぼくの火に足していく。

「どうして」

「さあ。ぼくはきみが好きなのかな」

「……2年は連絡をしてないだろ」

お金がなくて、遊びにも行けず、次の日の約束を断ることが恐ろしくてその手前にある会話さえ避けるようになった。友人が夜逃げをしたことにも気づかない。友達に頼ろう、という言葉を街中のポスターに見つけるとぞっとする。友情には金がかかるのだ。

「お互い生きるのに忙しいよね。きみは健康？」

でも友人はそう言うだけだった。

「きみと同じようなものだ、髪を見たらわかるだろ」

「ぼくは好きな本が買えなくなった」

「うん」

「友達と連絡が取れないことと同じくらい苦しいよ、食べていくために削るものは確かに削れるものなんだけれど生きる価値がある人間だと自分を思えなくなる気がして、自分の尊厳を自分で害（そこな）っている気がして怖くなる。贅沢だと言われるんだ、食べられるならそれでいいだろうって。でもぼくは、他人はどうであれ、自分だけはぼくのことを、人間だって思っていたいんだよ」

「食べていけるの」

「いけない」

「なんか、顔色が悪いな」

　炎に向けて伸ばした自分の指があまりに細くてぼくはすぐ手を引っ込めた。

「知ってるかな。流れ星は今にも死にそうな人がいる、その証（あかし）なんだって」

「流星群が起きなきゃだめだね、この国では」

「ねえ」

「きみはどうしてマッチをすり続けるの、売り物なんだろう」

「この火が消えたら、きみと話せなくなる」

「うん？」

「それにきみはそのとき死んでしまう、火の中に見えるものはすべて火が消えたらその向こうでも消え失せる。そんな気がする。いや、ぼくたちはもう走馬灯（そうまとう）の中にいるのかな。死ぬのはもう決まっていて、だからこうやって火を通じてつながったのかな」

「ぼくも、この火が消えたら、きみが向こうで死んでしまう気がするよ」

　彼は視線を落として、少し考え込んだ顔をした。

「どうした？」

「死んだ方が楽だと思わないようにするために必死で足掻いているのに疲れた」

「疲れたんだよ。疲れて死んでもいいと受け入れることの虚しさがきみにわかるかな、ぼくはもう生きてほしいって言われるのに疲れているんだから、言わないでほしいんだ」

「いや、別に言わないよ」

「死ぬとか生きるとかの選択肢は当事者は受け入れるしかなくて、本当は選ぶ権利を持てていないんだ。いつも受け入れるかどうか、ばかりだ。生死の話がぼくは嫌いだ、まるで自分のものみたいに自分の命について話さなくちゃいけないだろ。そんなことができるのはお金をたくさん持っている人だけだよ」

「うん……ずっとそういうこと考えて生きてたのか、変わらないな」

「そうだよ。そのことに気づいてしまったことが一番、ぼくには屈辱だ」

「ぼくはきみによって、今、気づかされたけれど？」

「ああ……何も知らないっていうのも愚かだから、いいんじゃないか」

　ぼくはでも愚かさを拒んだり憎んだりできるのも、それこそお金持ちだけに許されたことだと思うのです。ぼくは死んでいくときに幸せだったなあ、と思いたい。多くの理不尽にまみれた人生を生きていても、それに気づかないで微笑むぼくでいたいのだ。そして案外それは、むしろ真実に近い可能性もある。たった一つそう思い込める根拠があるとしたら、ぼくの愚かな結論、幸福だったという結論は、愚かなままで真実になる。

　この友人がぼくを思い出してくれたことが嬉しかった。ぼくはもうすぐ死ぬのだと、部屋の明かりを消して、窓を開けて、外の星を見つめていた。こんなときにきみが現れて、きみの顔色がぼくみたいに悪い。ぼくはただきみがぼくを嫌っていないらしい、ということでこんなにも幸福を感じる。たとえ、もうきみに会いにいくことさえできない体になっていても、ぼくは目を細めて眠れる気がした。

　きみももうすぐ死ぬのだろうということさえ、きみのことが大好きなのに、あまり悲しいと思えていない。ぼくは愚かだよ。友よ、きみのマッチが使い果たされるときがくる、それが少しも怖くなくて、ぼくはそれだけが名残惜しい。

「今日、死ぬとしたらそれは怖い？」

「死なない気がする」

　彼はそう呟いた。「だって、ぼくはまだ若いんだ」

「健康ならそう言えるね」

「健康でなくても。だって、ほんとに死ぬかな？　ぼくが？」

　ぼくはでも、きみが自分が死ぬこともわからないまま息絶えるのは嫌だな。

「きみはどうか知らないけれど、ぼくは腎臓を患ってしまって、もう長くないんだ。死というよりは体がもう半分ぐらいは泥になってしまったような心地で、今日は窓を開けてベッドに横たわり外を見ていた。自分が地平線でも水平線でもない、別の動くことのない黙りこくった線になることを、ぼくはもう何度も経験している気がした。よく眠れた日のあの心地よさとよく似ている気がしたんだ。ぼくは、だから怖くないし、自分は必ず死ぬってわかっている」

「火がついているうちは大丈夫だよ」

「人は死ぬってことを伝えたかったんだよ。そのマッチだって数に限りがあるだろ」

「励ましてるんだよ」

「励まし？　なに」

「きみ、怖くないわけがないだろう、眠りと違って目覚めがないんだから」

「それはなんのために聞いてるんだ？」

彼が返事をしないので、ぼくは話を続ける。

「いつも、死んで結ばれる恋、とかそんな話を読んだら、ぼくはいつもそんな美しいふうに見せずに、ちゃんと生きて結ばれようとするべきだ、って思っていた。けれど死が自分の意思によって訪れることなど稀で、避けられないものであるときに、誰かの手を握りたいと思うのは自然なことだと今は思う。死を受け入れるのは尊厳を捨てることかな、生きるために足掻いて、学びを捨てることは尊厳を捨てることかな。きっと愛されたり愛することができるのも、ひとの尊厳を作るのだ。かろうじて残されたものなんだよ、恋のために死があるのではなくて、死のために恋がある。だから、ぼくにこの火はつながったのではないか。きみは死んでもいいと思うぐらい疲弊して、そんな自分が、自分をゴミ箱に捨てているように思えてならないんだろう。でもぼくは、きみに会う、きみはぼくの友達だ。

きみは、きみのことを捨ててなどいないよ」

「本当に死ぬのか」

「もう無理だと思う。顔よりさ、体の方がずっと色が悪いんだ。昨日から歩くこともまともにできない。生きることができるならそれはもちろん素晴らしいけど、でも生きることは、とてつもなく困難で、罠の多いものだと思う」

「怖くないわけがないだろうって、ぼくは聞いたけど。それには答えてくれないんだな」

「そりゃあ、そうだろ。笑ってしまうよ。きみには関係がないだろ」


彼はいつのまにか、ぼくから目を逸らしていた。


「最悪だ」

「なんでそうなるの？」

「きみは、愚かでいいと昔からよく言うが、ぼくからしたらきみは少しも愚かではない。きみが本を買えないこと、芝居を見られないこと、物知りな大人たちと話す機会さえ得られていないことがぼくは本当に悔しい。きみがそれをあきらめていることも。きみには、きみの尊厳を守れないのかもしれない、死はそれを許さないのかもしれない、ぼくはだからきみのためにきみの死を泣くだろう。きみがどんなに幸せだったと言っても、ぼくは途方もなくきみを惜しむだろう。不幸な人だと思う。それでもいいか。きみの死を、ぼくは絶対に受け入れられない」

「どうしても、受け入れられないのか」

「人が死ぬっていうのはよくわかった。でも、それとこれとは別だ。その死ぬラブストーリーは知ったこっちゃないけど、きみの死を受け入れずにいるために、ぼくはここでこのマッチをすべて使い果たす。きっとそうしたら、ぼくもきみと一緒に死ねるから。わかるか？」

「いや俺はそれ、全然嬉しくないんだけどな」

「きみのためじゃない、あのさ、調子に乗るなよ」

　ぼくはきみも取り戻せないきみの尊厳を取り戻せるのだ、友達だから。彼はそう言った。


　ぼくたちは翌朝には互いの居場所で冷たくなっていた。友達の体の周りには燃え尽きたマッチが散らばり、彼の体はその年齢ではあり得ないほど軽く、衣服は馬車にかけられた雨除けの布切れよりもぼろで、それはまたぼくも同じだった。彼は社会に殺されたのだと誰かが言い、それを否定する人はいない。でも、ぼくたちが友達であることに気づく人はいなかった。ぼくはきみが死んでしまって悔しい。きみの人生は理不尽にまみれ、どうしても幸せとは言えない。でも、それはこの街の人たちが語る物語とは、まったく違う質のものだ。きみは、きみだから惜しいのだ。ぼくの痛みは、きみでなければならないのだ。ぼくはきみの友として、唯一、きみを人として弔（とむら）おう。

すべてが終わった後、ぼくは床に落ちていたハンガーをまずは拾い、壁にかけた。遠くで海が波打ち、そのゆれと、部屋のカーテンのゆれが同期しているのがわかる。壁紙の端がめくれかけていて、ぼくは小指と親指でつまみ、それをくるくると剝がしていった。壁の向こうには青い空と白い雲があり、その中に時々氷の粒が混ざって見える。こうやって見ると、新種のアイスクリームだなと思うけれど、味付けがされていないのだから食べる気もしない。最後に、サーティワンに行っておけばよかった、と思った。もう遅かった。ぼくは四方すべての壁を取り、天井と床にサンドイッチされている自分の生活を眺めた。風に飛ばされて、衣類や紙類は飛んでいく。レコードも、飛んでいく。レコードプレイヤーはこのままだ。ぼくは天井からぶら下がった電球を取り外した。少し薄暗くなるけれど、おかげで空の青が輝いていることがわかる。手を離せばフィラメントが魚のように抜け出し、空へと落ちていった。

空に住所はないのだ、空に道はなくて、空に停止はなく、ぼくは動いているのか、走っているのか、それすらもわからない。天井が轟々と音を鳴らしながら、ロケットのようにはるか上へと飛んでいく。なんのために宇宙へ行くのかわからないけれど、部屋の天井だったからこそずっと、宇宙に憧れていたのかもしれない。

ぼくの部屋はもう、床だけになってしまった。そこに座って、空に包まれて、次第に、視界の中から床の茶色が消えていく。青さに目をうばわれているのではないか、と思いながら、本当はほろほろと、床が雪の粒のように崩れて、飛んでいっているとわかっていた。「よし」とつぶやき、足元を見ると、もう、ぼくの座っているところ以外、床もなく、雲がビュンビュンと過ぎていくのが見えていた。

「よし、死んだということを受け入れよう」

人が死ぬと、自分の暮らした部屋を解体していくことになる。そうして、解体が終わった時に、あるのは、家が建っていた土地でもなく、マンションの隣室でもなく、空で、その頃にはぼくの肉体から重さは消えて、幽霊に変わっている。歩いていくことも飛んでいくこともできるけれど、とにかく、進んでも進まなくても、同じ場所にとどまることができないことだけが確かだった。

という、話を昔、秋の夜に一晩泊めた、誰かが、教えてくれた。あの子もまた幽霊だったのか、ぼくの足首が青空に浮いた。

ネックレスになるまで

我思うゆえに我あり、我渦巻くゆえに我ありinビー玉。私が買ったのは薄い水色と白の絵の具が混ざることなく渦巻いているビー玉。これをお腹に入れて、まいにち渦巻きながらその中に飛び込んでいくことをイメージする、その必要があるらしいので、だったら渦巻く模様のビー玉がいいだろうと思った。そうね渦巻くの人気だね、とお店のおねーさんは言う。弟がまだ中学生で、弟の学費のためにこのビー玉を売っているらしい。

「でも効果は同じだよ。だってみんな寝ながらやるでしょ、そんなイメージすぐ忘れるからね、暗示だよ。渦巻いてるから私も渦巻いていけるはずって、どっちかというと好きな模様かどうかが大事」

あ、はい。私は渦巻いた模様のビー玉を買った。


　長生きがしたいが身体はもたないのでしかたないから心を身体から取り出して別の有機物に吸着させねばならず、しかし心という名の内臓も液体も体内にはないから、まずは心をひとつのかたまりにしなくてはいけなかった。ほんとうは念じれば勝手に心が身体の余分な肉のところに密集して宿らしいけれど、意志薄弱だろうが記憶喪失になろうが、それなりの姿勢があれば勝手に心をひとつにまとめてくれる便利グッズがありそれがこのビー玉。飲み込んで、お腹に入れて、寝る前はそこに渦巻きながら入っていくことをひたすらイメージする。すると指先やら目の裏やらに点在していた私の心のつぶつぶは次第にビー玉の中に集まって数年後には取り出すことも可能になるのだ。心がなくても身体は生きていけるし、どうせなら身体だけで仕事には行ってほしい。心は幸せなシーンでだけ出動すればいいのです。

　真珠みたいだとあるひとが言った。

何を言っているんだろうと私は思った。

それでも、このビー玉をお腹に潜ませてる同士としてコミュニケーションは軽視できないからそうですねと答えた。真珠は間違って飲んだゴミが貝の出す炭酸カルシウムに包まれてできたものだ、私たちの感情は最初から用意された部屋に入っていくだけ。何一つ美しくなどならないしそれがすばらしいのだ。

まあそんなことはともかくとして、心だけになれば純度の高い恋が生じるのでは？

吐き出してビー玉の表面をこすり合わせれば、期待も理想も幻想もないなかで分かり合えるのではない？

もしやこれって家族になる新しい手段では？

そう彼は言った。

「あまりにときめいたので、真珠のネックレスを買ったんです。同類だ！　と思って。この白い粒がそれぞれ、心だったとしたら……すごいですよね」

すごい気持ち悪いですね。


形のないものがやっと証明されるならそれはいつだってすばらしく、純度の高い恋、欲望のない恋があるなら、それは愛の証明になるね。それだけは魅力的だった、興味深い。彼と会ってもいいと言ったのは私だけで、私のビー玉を彼のとこすり合わせてもいいと言ったのも私だけだった。やっぱりみんな気持ち悪かったんだなあ……現在、伊勢の寂れた喫茶店でソーダにアイスが載っているものをストローでつついている。

「恋をしてしまったらどうしましょうか」

目の前の人はいまさら想像をスタートし、わくわくしているらしかった。

「でも心の問題だから、どうもこうもないでしょう、永遠に愛し合うだけで」

「すごいことを言いますね」

「そうですか？」


私たちは飴玉のようにしばらく、吐き出したビー玉を舐めて、残り火のような感情をすべて注いだ。舌の先が指先のように繊細な動きをして、じっさい、その時私は手を動かしているような心地だった。次第に、指で撫(な)でられている、と思うようになった。彼と目を合わせて、ビー玉を取り出し、そっと触れ合わせる。

球体同士で接するのはいつだって、点でしかない。すべての衝撃や音は光にもなれるほど圧縮されて、星がブラックホールになるというそのことが生まれてはじめて、理解できた。

「あっ」


私たちの身体は立ち上がり、手を取り合い、ソーダを床にぶちまけて、走り出した。私たちにもう声はなかった。床がしゅわしゅわと言っている。「あっ」は私たちの身体が、発した音。合図だった。愛？　そう言ったのかな？　二つの身体は手を繋いでそのつながりがまるで輪ゴムのように離れては縮んで、離れては縮んで、ちょっと笑っている。恋愛は存在していた。純粋な恋愛は存在していた。私の身体たちにめばえていた。おめでとう、あとはごゆっくり！　余分なものをすべて捨てて、2ヶ月後、私はハワイのアラモアナ・ショッピングセンターでビーズの首飾りの一部となって売られていた、冬のハワイは穏やかで好き！　今日も夕焼けがショーケースを舐めるように滑っていく。

極

極

極

暴飲暴食、棒状のロケットが貫くようにまっすぐ飛んでいくとき、宇宙の方が球体で、我々こそが直線の地平線ではないかと急に思い始める。つるんつるんと、曲がっていく宇宙の直線。踊り出す惑星たちの地軸と、逆に直進する銀河の渦（うず）。バアって、言われて驚かされた赤ん坊の頃、脅かしやがって許さねえ、と思いながら母乳を飲んでいた。いつか許されるというような甘いことを考えてしまうのは、あの頃の怒りが風化してしまったからだろう。私の怒りなんて、私の怒りなんてもうただの砂嵐ですよ、と言いながら、暴力や数によってマウントを取りたい人たちを小突いている。人を攻撃する武器として何を選択した。それがおまえが本気で憧れるものであり、おれは力にも仲間にもそこまで憧れないし、納税額を刺青（いれずみ）するような女にならない、本当に憧れたかったものはどれもこれも、攻撃力が低すぎるんだ、お前より！　心がおれは綺麗だから！　と言って傷ついてくれる奴がどこにもいないんだもーん。こんな世界大嫌い！　自己中心的であると、集団が人を囲んで説教したとき、集団は仲間と共にいることを誇っているわけだが、死者1名と同じトーンで死者30名と言われるようなこと、悲しくてたまりませんよね。30人になるのではない、おまえが30分の1人になるのだ。SO、海賊（かいぞく）になるならともかく。海とか北極とか人のいない場所へ冒険に出るなら、少年ジャンプならともかく。おれはさ、友達とか仲間とかより、おまえが大事だよって鏡に向かって言い続けて気が狂うタイプのポケモンだよ。愛って言葉が放送禁止になって久しい。言ってもいいが絶対、それは誰にも届かない。しかし届いたよってポーズをする奴ばかりだから、一生懸命叫ぶ人間ばかりだ。そうやって、2分の1になることに憧れている。わかっているさ、自分が死ぬっていうことを、重さを半減させたいんだろう、わかっているよ、そうやっておまえがおまえを半分にしたあと、おれは残りの半分を拾って、ちゃんと冷凍庫に入れておくからさ。北極の。自然の冷凍庫に沈めておくから。きがむいたら取りに来るんだよ。

in接骨院

きみのこころの中にも本当は関節がいくつもあって、それをぼくはいくつも外したりできるんだよ？　って言っているようにしか思えない口説き文句を読んでいる私の頭上には朝と夜と昼がくっつくことも決別することもなく、離れて流れていく。なかよくすることができないってこんなにも安心するのに、みんなにはお友達がいて、ぼくはこころの関節を自分で外してみたいなって思ったんだ。

　そうやってやってきた透明の湖の前に立っていたあの子の名前は、なんだったんだろう？　その人が顔を洗っていて、ひざまずいて洗っていて、蹴りたくなるけれど、蹴って転がって湖に落ちて、ドジョウと友達になられたら困るから、ぼくは隣に座って、湖の水なんかで顔を洗って平気なの？　絶対汚い水だと思うんだけどときいた。ぼくは友達が作りたくて仕方がなかったんだ。その子の顔はつるんと無くなっていて、でも話ができるみたいだった。私の顔より汚いものはないんですって言われたけれど、なんにもついてないのに汚いもくそもないよ、とぼくは言いました。それでこの子に好かれることになったとか思う奴は頭が悪すぎます。こういう人は自分が醜いことを否定したい割に、他人には醜いと認めてもらいたいのです。ぼくはでもなんでこいつのために思いもしないことを言わなくちゃいけないんだろうと思った。話を戻すとこれは全てぼくの妄想ですよ？　大丈夫ですか？　顔がない奴に会ったら、現実なら逃げますし、その子は今度は泣き出して、なるほど声も涙も出るならきっとミクロンサイズの目と鼻と口があるんだな、それはたしかに醜いかもしれないな、と思いました。声にもしました。ぼくは友達を作りたくて仕方がなかったんだ。靴下が片方ずれている足がぼくの足。踏切の音とか長く聞いてないなと思って、出かけたんだけど、雨が降り出してたどり着けなかった。ぼくのこころに関節がいくつもあるだなんて、いわれなくても知っているんだよお、自分で脱臼したり戻したりできちゃうんだよお、おまえの決め台詞がそれじゃあおれはおれだけで幸せになってなくちゃいけないじゃないか。おれはどうしても友達が欲しくて、顔が醜い奴に醜いねって言った。そうして刺されておしまいなら、話は楽なんだけどねえ、おれは家に帰ってひとりで冷凍の汁なし担々麵食べて寝たよ。夜の後は必ず朝が来るし、あいつはおれのことをもう忘れてるんだ。あなたのことをだからおれはもう忘れているんだ、おれはあいつのことをだからもう忘れているんだ、関節が外れちゃっている、おれもおまえも私もあいつもみんなも。だからなんだよ、ハッピーか？

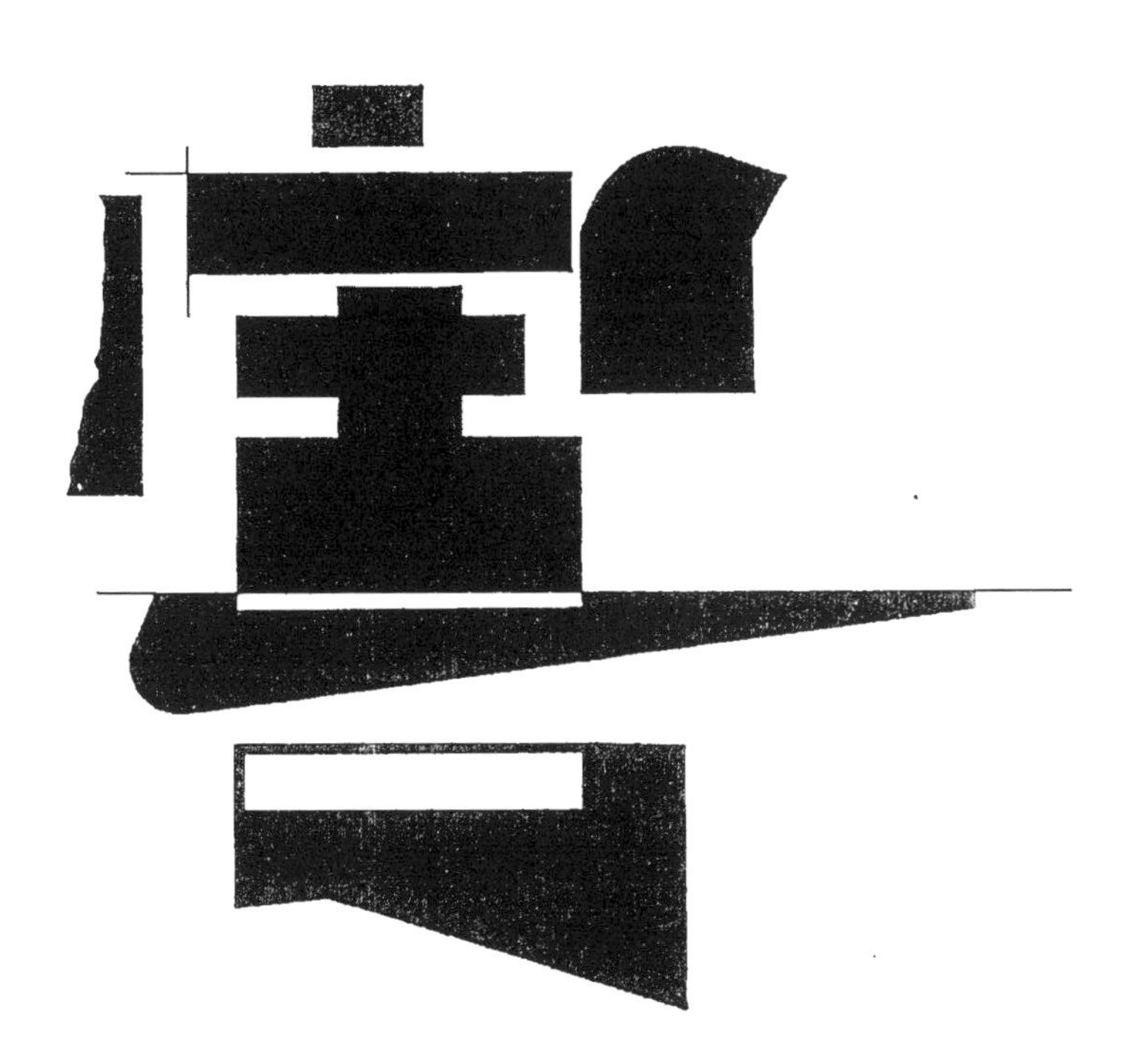

夢にまで見たこの瞬間を、ぼくは永遠に感じていたいと思っていた、けれど、実際にそうなると、もう考える必要もなくなって、感じ取ることもなくなって、ただ、空洞のように、銃弾がぼくのひたいに触れるのを感じている。ぼく一人の時間が止まっているのか、それとも、全ての人の時間が止まっているのか、でも違うような。ぼく一人であるならば、本当の世界ではもうぼくは土の下に埋められているのだろう。

あの子に会いたいと思った、あの子なんて人間はいないのだけれど、ストーリーを描くぐらいの時間はいくらでもあったのだ、あの子は黒いストッキングしかはかない、メロンがそれなりに好きだけれど、でも、お歳暮ならもっと保存のきくものがほしいと思ってしまう。彼女が本当にいたらいいのに、という意味で、会いたいと思ったのだろうか？　もう本当の世界になんて戻れないのに？　だとしたら本当なんて存在しないのではないか。あの子の方が本当で、そうして、ぼくは。ぼくは停止してしまっている、だとしたらもう生命とは言えないし、宇宙の外側になにがあるのかといえば、ぼくなのだろう。こんなに、才能があるなら、漫画家を目指せばよかったなあ、連載１５０周年おめでとうございますって言われながら、あの子とケーキが食べたかった。彼女はぼくの空想の中で、ぼくのことを知らずに、北海道の教会の３階でケーキ屋さんになりたいって夢を見ている。本当はぼくのことが好きで、ぼくを追い求めている人であってほしかったけれど、どうすることもできなかった、彼女にも人権はあるから、生きている一人の人間だから、ぼくが縛ることはできないし、こうやって覗き見ることだって侵害であり、ぼくはそろそろやめなければいけなかった。かみさまであることを。

夢にまで見たこの瞬間を、ぼくは永遠に感じていたいと思っていた。けれど、実際にそうなると、もう考える必要もなくなって、感じ取ることもなくなって、ただ、空洞のように、銃弾がぼくのひたいに触れるのを感じている。そろそろやめなければいけなかった。死にたいと、銀色の細い雨のようにおもいはじめたころ、ぼくは自分が天国に行けることにきづいていた。こんなにも美しいものを降らせながらみんな、ここを立ち去っていたんだねえ。ぼくは、あの、入り口を見つける。

白鳥の湖のほとり

これはただの憎しみです。

美しい白鳥のようにどこまでも飛んでいきたい、私はこんな場所に閉じ込められて、選ばれた本と音楽だけを手にするのではなく、あの巨大な空を読み上げたい。あなたはあの日そう言った。だから、私たちはあなたに祈りを捧げたつもりだった。

あなたが、美しい白鳥になれますように。


「人として誰かを愛したくなったのなら戻してあげるよ」

そうして、オデットを白鳥の姿に変えてやりました。でも私たちは完璧ではないから、祈りは完璧ではなかったから、呪いのようにそれもまた不自由であったのかもしれない。


「私は、呪われているの」

「呪われて、白鳥の姿に?」

「夜しか、人の姿に戻ることはできない」

数年後、オデットは王子ジークフリートに、自らの不幸を伝えました。オデットが不幸だから、ぼくはあなたを愛おしく思うわけではない、と彼は思った。あなたが美しいから、あなたを愛おしく思うわけではない、と彼は思った。私は、オデットが不幸だから愛おしく思ったし、オデットが白鳥になった瞬間をいつまでも忘れずにいたい。今にもまっすぐに飛ぶ矢を放ちそうな手、指先、足首、それらが光を放つ代わりに白い羽毛を生やしていく、そんなつもりはなかったとしてもあなたは、完璧になった、あのとき。だから好きよ。それはだめなこと？　それがどうしてだめなことなの。じゃあ、どうしてたった数分の出会いであなたはあの子を好きになったの？

白鳥の湖。白鳥たちが無数に踊り、父はそれをいつも眺めている、父はフクロウ、翼を持つものこそ完璧な生物だと考える森の賢者。湖は鏡のように彼らを映し、白鳥オデットはいつも自分が人であったことを思い出してしまう。私たちは思うのだけれど、あなたは白鳥であるころのほうがきれいよ。ずっと、いっしょに遊びたかった。私は友達になりたかった。私は黒鳥、父はフクロウ、あなたが呪われているなら、私たちも、呪われているのかしら。どう思う？

でも私はあなたを責める気になれない、呪いだと自分の姿について語るあなたを否定はできない、あなたは生まれてからずっとそうだったわけではないし、いつだって、夢からは目覚めたい。私もそう、あなたに出会わなかったころに戻りたい。

「飛び方を教えてあげる」

白鳥になってすぐ、私はあなたに話しかけていた。

「なんとなく、わかるよ」

「わかるの？　私は人だったことがないから、わかっちゃうっていう感覚がわからないな」

「翼が生える感触で、理解できてしまうのかもしれないね。あなたがもしも人になろうと思うなら、私の姿を真似(まね)てみて。私は厳しく育てられたから、マナーも姿勢も完璧に身についている。この体そのものを真似たら、きっと美しく最初から振る舞える」

「私は人になりたいと思ったことはないよ」

「私も昔はそうだったよ、白鳥になりたいなんて思わなかった」


人になりたいとはじめて思いました。あなたに呪いと言われて。

オデットの人間の姿とそっくりになった私に、王子ジークフリートは愛を誓った。私は、そんなことを望んでいたわけではなかったのに、あなたとそっくりの体では、それを喜ぶしかなかった。

空を飛ぶ白鳥はとても美しいのです、空を織る横糸のように、通過していくその自由さ。あなたよりも美しく飛べる白鳥はいませんでした。


「私は、私に、呪われているの」

あなたの体になった途端、あなたが、王子に本当はそう言おうとしたことがわかった。

人になった途端に、私は無性に羽を欲していた。守られてしたたかに生きるより、自由に脆(もろ)く生きたい。空という不安定な場所で生きていたい。あなたには、鳥は短命で、今にも撃ち落とされそうな悲しい生き物に見えていたんだ。

(そしてそうなりたかった)


ジークフリートに愛を告げられて、より一層、自分は脆さを得た気がして嬉しかったのです。王子の愛が絶対だなんて思うわけもありません。ただ、喜びが満ちていく湖に、心が生まれ変わっていった。

愛されたかったのかもしれません。私も。

あなたの姿になる前から。そう錯覚するぐらい、初めてあなたが羨ましくなった。

脆く細い首、軽すぎる体、滞空時間、私は、鳥類であることをこんなに誇らしいと思ったことはない。私は鳥だったころ、愛そのものだったはずです。


私が湖を訪れたころには父は王子に殺されて、王子とオデットも瀕死(ひんし)、今にも湖に沈んでいくところでした。オデットは私を見て、だまって涙を流した、その涙はすべて湖の中へ落ちていき、私は「わかるよ」と告げた。脆いはずの愛によって滅びる我々は、どれほど脆く美しいだろう。どれほどあなたは羨んでいるだろう。私を。

私はそうして、悪魔の娘オディールとして生きることを選びました。私はあの子と王子を騙し、二人を引き裂いた黒鳥です。どうか誰か、滅ぼして。刃を向けて、呪ってください。脆く脆くなっていく中、私は証明する、あの二人の愛は永遠でも確かでもない。気が変わってしまった男、一度砕けた愛。でも、それがあなたの幸福。いつまでも、二人の愛は純白の羽毛に包まれて、私の湖の底に、あの姿のまま、沈んでいるのです。

私の位置
エネルギー

　赤い花が散っていく景色が記憶の中から消えていかない。あれは生まれて最初に見た夢だったと、5歳の頃から私は言っているらしいが本当は現実だったのかもしれない。夢に見た、というほうがまだ妥当だと思っていた、しかしここまで忘れられないなら、現実だった、と思うほうが妥当なのかもしれなかった。記憶というなまえのどこかで26年間散りつづけている花はどれほどの大輪だったのか、赤い花びらが揺らめきながら落ちていくところしかどうしても見えないので、想像するしかなかった。記憶は過去のものだ、短い「散るシーン」が頭のなかで繰り返されているだけだと言われて、そうかもしれないと思う。私たちの髪も爪も切っても生えてくるけれどそれは繰り返されているだけだと言われて、そうかもしれないと思う。輪廻転生とかいうよりももっと短いスパンで繰り返す、回転する、コマのような肉体。ちるちるちる、遠心力で飛んでいく体の一部と、残されていく私の名前が花のように開いていく。本当は、あれ自体は夢だったのかもしれないけれど、忘れられなかった時点で、あれは私だと、信じるしかない。

「だから人と話すときは気をつけなければいけないんだ」

「話すことで、私はこの記憶を信じてしまったということ？」

「そう。忘れてしまうはずのものが、いつまでもこびりついてしまう。話すたびに水分が抜けてこびりついてしまう。人の心はいつだって形を探しているんだよ。あなたは、赤い花が忘れられなくなった時点で、咲くものとして生きることになったんだ、あなたのこびりついた記憶に心が住むの」

　その人は私の目の前に、赤い花を持って現れた。それだけでどこか愛おしくも思えたし、恐怖もした。「そうした刷り込みは誰にでもある。私はたっぷりの水に囲まれているとき、体の輪郭を忘れてしまう。それは、海の手触りが私の最初の記憶だから」彼女はそう自己紹介をしている。

「友達なんていたことがなかったから、みんなそうだなんて知らなかったんです」

「お花屋さんでアルバイトをして、花束を作る仕事なんてしたら、きっとドキドキして、興奮もして、たまらないと思うからオススメ。私は平日、水族館で働いているよ」

「でも、やっぱり働きたくはないんです」

「大丈夫、仕事も本能に訴えかければ馴染むから！」

その人は、私に仕事を斡旋するためにやってきていた。働く意味がわからないし、だからこそ私はすべてをすなおに説明したのにそれすら斡旋の材料にされてしまった。正直、花屋では虫も殺さなくちゃいけないし、水もやらなくちゃいけないし、赤い花以外もあるし、そもそも私は赤い花を自分だと思っているのに、どうして他の赤い花を育てなくてはいけないのだろう。

「ただただ死んでいくだけだなんて、惜しいと思わない？」

「でも私の命は花びらなので、散っていく様は美しいですよ」

「でもその花びらは腐っていくよ、ゴミになるの。仕事で、意味のあるものにしたくはない？」

「でも私の視界には地面も空もなくてただただ赤い花があるだけなので、あっても見えませんからかまいませんよ」

「でも散っていくためだけに花びらを作っていくなんて虚しくない？」

「散ることが、花の目的かもしれないじゃないですか」

高速で回転するコマは、自分が回っているのではなくて、世界が回っているんだと思い込む。私のなかにある赤い花は散っていっているのではなくて、溢れる花びらで、世界を増やしていくのだと思うこともできる。

花屋でバイトをしてみることは、実は私には関係ないところですでに決まっていたらしく、強制的に連行をされ、私は水をやったり虫を殺したりした。

「天職を与えることができるんです」

と、彼女は最後に誇らしげに言ったけれど、私が生まれ持って就くべき仕事などあるわけもなかった。私は花だから。花は仕事など持たない。存在は存在として完結しているよ。


自分以外の赤い花を早く腐らせようと鉢植えに水ばかりをやって、10日目までずっと怒られていた。それでも花束を作るのだけはうまいと言われて、調子に乗った。手先は荒れて、皮がぺりぺりとめくれていった。

「赤いバラだけの花束を作りたいんです」

11日目、若い人がお店にやってきて注文をした。

「自分に贈るんです。明日私は20歳になるので、10代の私にこれを贈るんです、今日が私のピークだから」

「私は37歳です」

私は、そのうち、花びらだけでなく皮膚や、肉体そのものを散らしていくのかもしれない。世界はそうやって増えていく。私の表面は消えて、ひとつの花が、現れる。仏師が、木にはすでに仏の姿が眠っていて、自分はそれを彫り出すだけなのだと言っていた。私のなかにも花があって、それを時間の経過で彫り出すだけなら、私の花だけは、茎だけは雄花と雌花と萼だけは、この世界の一部にならずに永遠に私として残りつづけるのだろうか。

「バラよりいい花があります」

だからだれかに贈ることができる。

手折(たお)ってすべてを贈ることができる。

老いることはすばらしいです、身を捧げるのもすばらしいです。その証明をすることが私の花はできるはず。ちるちるちる、だから、だれかが受け取るまで私は、私の愛を受け取ってくださいと、願う花屋になろうと思った。

「どこかのだれか。わたしはあなたを」

手の平を広げて待つ私。

「すきですが、それってあなたには、気持ち悪いでしょうか？」

氷河
期
行き

秋の氷よ、
溶けていく気配がするね。
溶ける時の感覚ってどんなかんじ。
こんなに涼しい光景なのに、きみは火の中になげこまれたような、太陽そのものになったような感覚なんだろうか。

女の子という言葉を与えられて、それから奪われて、若い女と呼ばれて、それも奪われて、お母さん、おばちゃん、おばあさん、呼ばれては奪われ、溶けていく、暑さには慣れてしまった、いつまで私には氷の部分があるのかわからないまま誰かが水をすする音を聞いている。これがほんとうのきみ、社会の枠に押し込められて、溶けるしかなかったきみの残骸、それをぼくは見ているよ、とそいつは言っていて、私はそいつを殺してでも、水を回収し、もう一度凍らさなければいけなかった。0度の氷にとって、体温がどれほどの熱さかあなたは知らない。愛がぬくもりと言うならば私はもう一度これを凍らす氷点下が欲しかった。それは私の瞳の中にある、誰かを軽蔑することで手に入れる価値観など捨てて、私は私が一人だと思い知らなくてはいけない。それなのに、愛がすべてを救うという妄想に囚われて、愛ばかりを与えようとするあなたのおかげで、今年の夏も猛暑でした。私はまだ海の、ひとかけらでした。早く帰りたいと思いながら、私を愛した人のぬくもりの中、私は一人ではなかったと歌いながら漂い、いつか氷河期がやってこないかと夢見ている。あなたは、生まれ変わってもまた会おうと言った。愛し合うかぎりはきっとこの水のままだろう。

海のすべてが誰かの体をすり抜けたことがあり、いまもまだ「誰か」であり続けるのだということを、私はきっと覚えていない。生まれ直したころは。

まだ、私は私のまま、あなたの愛する人のまま、肌の上を滑って行く夕日のだいだいを見上げています。

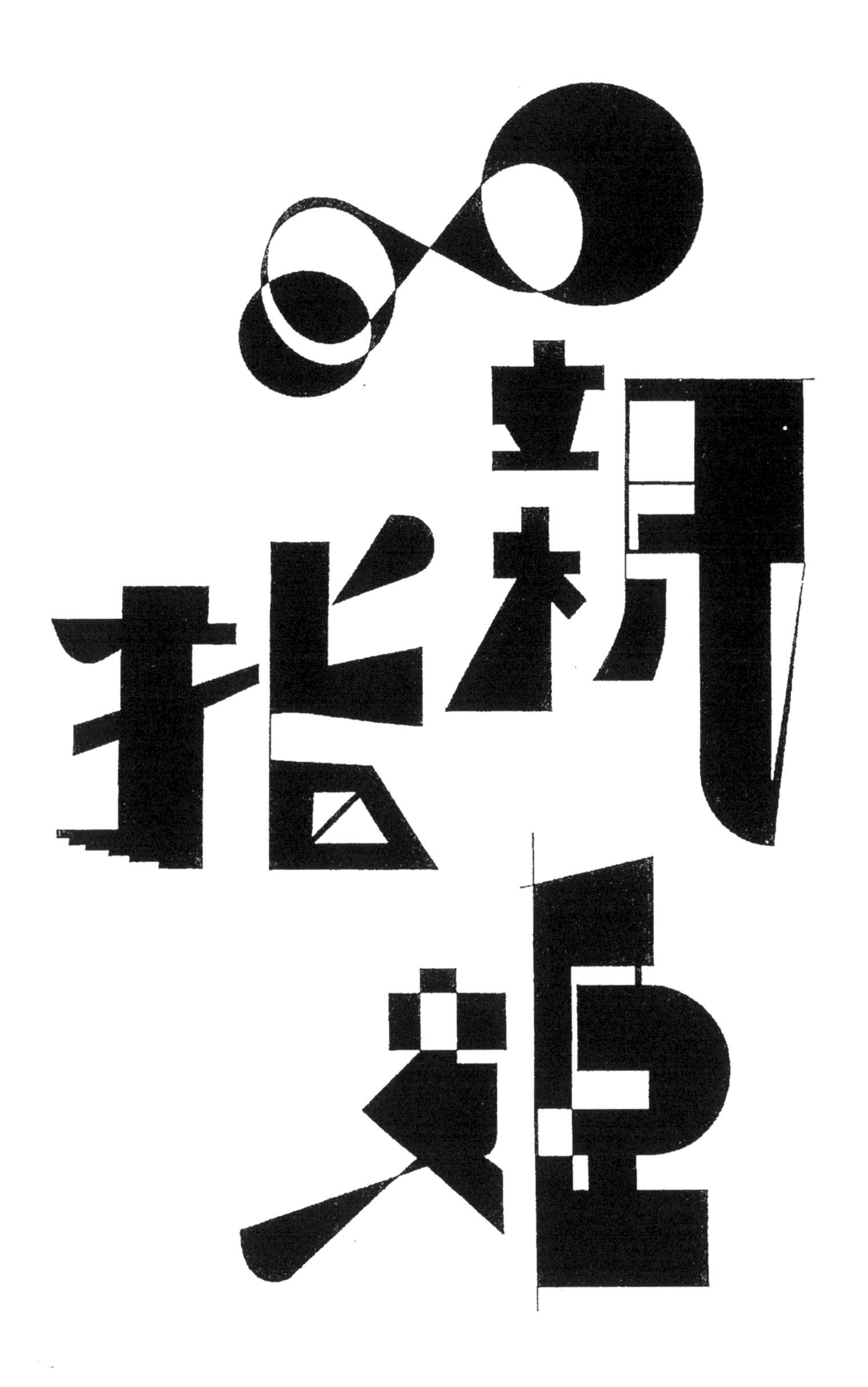

　薔薇の中に眠る彼はぼくには途方もなく儚(はかな)く思えてならなかったのですが、その人はもう64年この世界を生きていると言い、小さな身体より大きな身体をもつきみたちのほうが、今にも死んでしまいそうでおそろしいよと言った。

「ぼくのことを好きになる人は無数にいてその人たちから逃れるために、転々としていたらいつのまにかこんなにも長生きになってしまった。体が小さいと、いろんな人がぼくをポケットに入れようとする」

「きみの目はいろがらすみたいだもんね」

「そうだね、宝石とはまた違う、誰もまだ所有していないものとしての美しさがある、でもそれは本当は生き物としての誇りなんだよ」

「なに、よくわからない」

「体が小さいとうまく話が伝わらないな」

「そういう問題かな？」

「誰とも愛し合いたくないんだよ、わかる？」

「わかるよ」

「ね」

「でも、話を聞く限りきみを愛してはないのではないか、その人たちは。所有したいだけだろう」

「ぼくの目をね」

「目だけかな」

「体？」

「小さい人の体をパーツごとには見ないだろう」

「なんだその言い方」

「薔薇の花も茎と葉を一緒に飾るよ。心だけがほしいというのも同じように傲慢なことだからきみはうんざりするんだろう。目だけがほしい、というのとあまり変わりはないからね」

「……愛の誠実さの問題じゃないって？」

「なんらかのために愛があるなら無意味なんだよ。人はさみしいから、愛に結論を求めるだろう」

「きみはここに、偶然通りかかったわけじゃないのか？」

「ぼくは、人を殺した帰り道だよ」

薔薇の花に話しかけるとその花はどんな話も聞き流すのだ。

「それを、ぼくにいう理由をまず言ってみろよ」

でもその小さな人は怒り出した。「下品だよ」


「ああ、たしかにね」

「気を引きたいのか？　俺に関係のないことを言うなって、言いたいんだけどわかる？　ばかにするなよ」

「わるかったよ、殺したのはただの友達だ」

「嘘だとしたら許さないし、本当でも許さない。ただきみが異質な人間だと思って、本当にこれは偶然の出会いなのか聞いただけなのに」

「今ぼくがここからいなくなったら、きみは不安になるだろう、あれは本当だろうか、また会えるだろうか。とか考えるだろう。でもそれはぼくも同じなんだよ、きみみたいな小さな人は初めて見た。下品だっていうならきみもそうだけど、ぼくは、ぼくのこともきみのことも下品とは言わない。ぼくは恋って言葉や愛って言葉はそういう時に持ち出すべきだと思うんだよ。ときめきました。それが、他者を尊重するっていうことだ」

「人殺しと小人を一緒にするな」

「いやあほんとにね」

「それと同じくらいぼくの存在自体があなたたちにとって衝撃的だっていうのもショックだな。考えればそうなのかなとは思うけど」

「ワイドショーの冒頭になるという点では、本当に同列ですよ」

　お前死ねよ、という目で睨まれてしまいました。

「そんなことで好かれても嬉しくはない。たしかにそれがどんなに誠実でも、愛である時点でうんざりかもしれないね。きみなら、どうする？　所有しないっていうなら、ぼくをどうするんだ？」

「ぼくがきみの代わりに小さくなり、きみが大きくなれるように、願いますよ。きみに、所有するかどうか決める権利を捧げたい」

　彼の緑色の亀裂の走ったガラス玉のような目がこちらを見つめている。

「いらない。最悪だ」

「権利をどう使うかはきみの自由だよ、きみは大きくなって、ぼくと同じように他の人間の愛を嫌悪して、人を殺して小さな体のぼくに出会い、そうして、どうしようもなくその姿が気になってしまうだろう。そうしてぼくに、「きみの代わりにぼくが小さくなろう」って言うのかもしれない、恋焦がれてね。そうやって繰り返していく。それではぐくむ愛があれば、それはどんなものよりも無垢だといえる、ぼくらは、無垢でないにしても」

「さみしさがまぎれない、地獄みたいだな」

「地獄を愛でなんとかしようとするなよ、まぎれないからいいんだろ、愛で何一つまぎれない時だけを信じろよ」

「なに」

「歌詞です」

「……きみの名前は何」

「五月です」

「五月、ぼくらは何度目の出会いを今していると思う？」

彼は聞いた。雨の匂いが細長い指の形をして西からやってくる。「何度、体の大小を入れ替えてきたと思う？」

「これが、初めてなら不気味すぎるね、きみが小さいというだけでこんなにぼくがきみを気にしているというなら短絡的すぎるし」

「そう思いたいだけで多分初回だよ。俺もお前もただ、気持ちが悪いんだ、知ってた？」

二人の体の大きさがシャッフルされたのはその夜のことでした、親指姫となったぼくは薔薇の中で目を覚まし、ため息をついた。さみしさをどうにもできないからと、恋をする人間は愚かですが、さみしさと関係のなくなったところで恋をしようとすると、恋さえも虚しいものに変わるのです。それなのに、そのうちあの子が大きな体でぼくのことを見つけ出し、今度はなんて言うんでしょうか？
瞬（まばた）きをあと9回するとぼくの記憶は消える。「ひ・と・ご・ろ・し・は・ほ・ん・と」のサイン。

嘘だよ。

「繰り返すとアプローチも大味になるね」

花の中から見る朝焼けは、空の方が花びらに見える、宇宙も時間も限りのあるとても小さなものだと思わせるものでした。

ぼくは本当は覚えている。きみともう52回は会っている。きみはその度に全てを忘れる。きみが愛されることを憎まずに、ぼくを所有したいってのんきに言う日が来るまで、ぼくは何度だって薔薇の中で目を覚ますよ。ぜひ、幸せになってくれ。

猫は
ちゃんと
通る

「小説と仲良くしたかったんやけど、仲良くできへんかったのよね、できひんのなら殺すって気持ちでなくちゃいけなくて、殺すって声に出すんやけどそう言って殺すやつはいなくて、要するに黙って毒薬少しずつ混ぜて殺すような感覚でね書かないとダメです。小説は長いから」

「じわじわ？　じわじわと？」

「うん。じわじわと殺さないと5枚で終わっちゃう」

　詩人は小説の呪いにかかっていた。詩で賞をとったころから、文芸誌の編集者から連絡がちらほらやってくるようになり、まずはエッセイの依頼があってそれを書くと今度は短編の依頼だとか、小説は興味がありますかというような話になる。詩を書いている人間だから、「書く」という行為はもう指の第3の関節として溶け込んでいるわけで、それなら別のものも書けるでしょうという話なのだろう、でもそういう切り替えがなめらかにできるやつが詩を書くかなあと妹は思う。

「ほんまはなんでも書けるのが自然やと思うし、もっと言うならなんにも書けないのが自然やとおもう。詩しか無理なんですいうのはやっぱり変やな、言葉しか無理なんですっていうんならわかるけど」

「お兄はでも、小論文散々やったやん」

「論じられへんからなあ、そういう容器としての言葉を書くことができへんのや。あっ、これはもしかして、ダブスタってやつでしょうか、確かに小論文もまた言葉ではあります。しかし内容の問題かなあ、俺は論じたいことがないうちから書き始めて、考えながら書くから小論文としてはあかんのでしょうね。考えてきたことを書く場所であって、考えながら書くのはエッセイや」

「お兄、それで、なんで妹のうちに来たん、こんな話をしに？　わざわざ？」

「そー、それや。ゆりちゃんのこと」

ゆりちゃんは兄の同棲相手だ。

「ゆりちゃん元気？」

「元気やけど、このままやと永遠にこのままやと思う」

「うん？」

「ずっとゆりちゃんは元気で、俺たちは同棲してて、ずっとそのまま終わっていく」

「いい話じゃないですか」

「俺は小説を書けるようになりたいし、結婚もしたいんですよ、子供ができたら嬉しいし」

「したらいいじゃないですか」

「ゆりちゃんが望んでないのに？」

「いやがってるの？」

「いやがってもない」

私は兄を見た。

兄も私を見た。

見んなや、と思った。

「頭にないんやないの、そういう選択肢が」

「ないとして、俺はそれを差し出す人間にはなりたくないんですよね。ゆりちゃんが自動的に思いついてくれないでしょうか」

「兄はそうして小説も、自動的に向こうからやってこないかなあと思ってもう10年、ぼんやりやってるんでしょう？」

「ときどきやってくるんですよ」

「そうだね、何個かはそれで書いたね。でも、不安なんでしょう？」

「だってそれは小説だけど、俺の小説ではないからね。世界にある小説という概念が気まぐれに俺に近づいてきてくれて書けてしまうことがあるんだよ。俺はそれはそれでおもしろい事象だと思っているけど、それを自分は小説が書ける、と確信する理由にしたらだめなんだ。あれは偶然きた小説の船に、詩の言葉を乗せてやっているだけなんです。そこを誤解すると小説にね、殺されます。小説はいつだって、書き手を殉死させたいんじゃないかって」

「お兄、ゆりちゃんのことは」

「うん」

急に言葉が少なくなる。

「そんなに本気じゃないんじゃないの？」

兄にこんなことを言うのは酷だ、人の気持ちが本気か本気でないかなんてわかるわけがないし、本気であることを正であるかのように語ればいつか自分が復讐されるだろう。本気で思ってます、と言う政治家がなんにもしなかったとき、それでも支持者が現れるのは怖いことです。みんな本気というものに胸を打たれるんです、様々な行為や言葉に、自分が本気でなかったことに、罪悪感を抱いているから。

兄はじっと自分の手を見ている、手荒れもしていないのに。

「よくわかんないんだけど、結婚って、本気することなんだろうか。ぼくが思うに、もっと、ライブ終わりに物販に寄ったときみたいな、よっしゃーやったれって感じじゃないかな。そこで買ったTシャツをパジャマにするしかなくてもだよ、パジャマにはするだろ？　捨てることはない。そういうところに宿るものだと思うんだよ」

　私は笑うのかむせるのかどっちかにしろと言いたげなえずく喉に指を添えて、なるほどと呟く。私も、そういうのりで結婚したいし、しなくてもいいかもね。いったれの精神で永遠にしないってのもありだ。

「俺はゆりちゃんに、だから盛り上がってほしい、俺が部屋に上がり込んだときも、ゆりちゃんは喜ばないし驚かないし、じゃあ生ごみをここに捨てるのだけはやめてねって言ったきりだったんだ。俺はえっそれだけって本当にショックで、しかも喧嘩もしないしさあ」

「お兄はライブのつもりだったんだね」

「そうなんです」

「だけど受け入れてくれるなんていい話じゃないですか」

「どこがあ。俺の話、きいてた？」

「ゆりちゃんは基本受け身なのかな？」

「違うよ、不動明王だよ」

　詩人はそう言ってため息をつくのです。

　私はゆりちゃんに紹介されたあきらくんという人について思いを馳せる、彼はゆりちゃんの弟で、私がいまおつきあいをしている人です。「ホンマは気が乗らないけど、でもゆりちゃんの紹介は無下にできないから」と言ったあのときの言葉は本当で、私はまだ気が乗らないけど、ゆりちゃんの紹介は無下にできない、ままだ。

私はゆりちゃんがお姉ちゃんだったらよかったのになーって昔思って、そのせいで無下にできなかったしこれは良縁ではと思った。お姉ちゃんの船が来たから、飛び乗ろうと思ったんですね。兄が結婚するっていうならそれもまた、飛び乗ろうと思ってしまうわけですね。

「つまり応援はしたいんです。でも、お兄の書く詩を私は実は詩だと思ったことがなくてさ、小説がどうとか言っているのもよくわからないというか。だってあなたがいつも書いているのはいわゆる「詩」ではなくないですか？　いわゆる「小説」なんて書いてどうするっていうんだろう。こういう話をするのはあなたの詩とか小説に興味があるからではなくて、私は、結婚というものに本気でないという割に形骸的にこだわるあなたの頭を殴りたいけど殴れないから、だから言っているんです。いわゆる「結婚」をする必要があるんですか？　それは結婚ではないのではないかと思うんですけど」

私は、本当はゆりちゃんに義姉になってもらえたら超いいなと思っている。でもそれとこれとはやっぱり別だなあ。結婚するための結婚とはなんなのか、種がなければどんな花も咲かない。

「私は、お前の詩をいいと思ったことがない」

「もうひどい！　家族だからって言っていいことと悪いことがある！」

ぷんぷんしていらっしゃるのね。

「家族でも他人だから、家族だから許されることなんてないのですよ」

「家族だからこそ、俺が正しいことを知らないわけではないってことはわかっているでしょう？　人の発言と行動に赤ペンを入れて生きていくのは、もちろん価値のあることですけれど、社会において価値のあることですけど、でもあなたにとっての価値はあるの？　家族というものを無視していませんか。ぼくはあなたに自分を犠牲にして社会の中で道路標識のような存在になってほしくはないとおもう。事故っていい車なんだよ、他人の安全と平穏だけ祈って生きることなんて、やめてほしいんだ」

「でも、社会がこんなにもひどい状況なのに……あれ？　わたし社会の話なんてしてたっけ？」

「だから、ぼくはあなたにだけ言っているんだ。関係のない人間たちには正しく振る舞えとしか思わないよ」

「いや、わたしたちはゆりちゃんのことを話してなかったっけ？」

「そうやね、ゆりちゃんにどうやったら、結婚したいって思ってもらえるだろう！」

私は走馬灯（そうまとう）を見た。死にもしないのに走馬灯が見えた。死ってこういうことね、と思った。

「一から生まれ直そう。もう一度聞くが、ほんとうに、結婚をなぜしたいの？　そういうものだからするってだけなら私は応援できません」

「いや、そんなつもりはない、ないよ。しようがしまいが結果的には変わらない老後を送っている気がするし。ゆりちゃんは俺の扶養に入れないし。収入的に」

「いいなあダブルインカム」

「ダブルインカムは結婚しなくてもダブルインカムさ。俺は……俺はプロポーズがしたいのかもしれない」

「ふむ」

「退屈なんだ、愛が日常になって……。けど、断られたりする可能性とか、失敗する可能性とかを、除外したいんだと思う。わかった、俺はなんの決断もしていないんだ、なんの覚悟もなくて、でも刺激がないからプロポーズがしたい！　だから悪い結果が出ることを避けたいんだ！」

「うん、私、それはいいと思う」

「俺は！　結婚したいわけじゃない！」

「いいよいいよー」

「結婚なんてどうでもいい！」

「いけいけー」

「プロポーズがしたいんだー!!!!」

そして、兄は走って帰っていきました。


私はすごくいい仕事をしたって、自分でも思う。そして久しぶりに急須で淹れたお茶でも飲もうかと思う。しかしなんの解決もしなかったなあ。兄妹ってそういうものなのかなあ、私は、兄の人生をずっと観測し続けることになるだろうけれど、でも直接的な関わりかたができるかというと微妙だなあ、私のなかにある、兄を「他人」とも「家族」とも思っていない、冷たくてゴロゴロしたものを、彼は知っているのだろうか。私は、他人が悩んでいるときの方が、もっと解決しようとするかもしれない。それは関わることに責任があるから。そう、私もまた兄に、なんの覚悟も決断もなくて……家族はでもそういうものだと思っている。結婚に覚悟がいるというのなら、それはやっぱ、家族とは違うんでないかと思う。

私はゆりちゃんの義理の妹になりたかったが、でもゆりちゃんの妹になったところでなにも、私の思いは成就しないとわかっている。一緒に暮らせるわけでも幼少期を共にすごすわけでもないし、この冷たいゴロゴロとした感情を、ゆりちゃんにも抱くかはわからない。私は、本当はもっと別のものになりたいのかなあ、説明すれば私は兄に嫉妬しているということになってしまうのかもしれません、兄もあきらくんもそんな調子で結論づけるんやろうね。私はあきらくんと付き合うのはもうやめたほうがいいんだろう。


玄関の、ドアが開いた。

「この理論でいくと俺はなにを目標に小説を書けばいいのかなと思ったんだよ」

兄が顔を出して言った。

私は急須にお茶っ葉をいれるのをやめる。

「そっかあ」

「この理論でいくと俺はなにを目標に小説を書けばいいのかなと思ったんだよ」

もう一度言った。

「うん。じゃあ賞とか」

「あれは、具体的なふりをした抽象だから目的にはしがたいね。もっとプロポーズみたいな単純な……」

「芥川賞」

「そういう言葉をだすなよ」

「三島賞？」

「書き手がむやみやたらにその言葉を発すると体が爆散してしまうという伝説があるんだ。言うな」

「刺激はあるよね」

「うん、そう具体的に言葉を出されたらそういうことじゃないというのも難しくなるんですよね。そしてドアは閉めたらすぐ、鍵をかけなさい、ひらきっぱなしはよくないよ。俺は……賞より憧れの作家に読んでもらうことだけを願って書きたいって思っているんだよ、このタイミングで言ったって優等生的振る舞いにしかなりませんが……」

「いいじゃん」

「いいじゃんって……それならもう親戚のおっさんみたいな発言は禁止でね」

「ああ石川の」

「そう。石川のおっさん。書き物をしていることがバレると、詩人だろうが歌人だろうがエッセイストだろうが芥川賞取れたらいいねって親戚から言われる、はあるあるだと思うわ」

「取れたらいいね」

「ここで言うな！」

「でもお兄が小説に妙にこだわるのもそういうのの延長線上にあるやんね。小説と言われたから小説を書かなくてはいけない、という……既成概念？　文章といえば芥川賞やろっていう石川のおじさんと何が違うん？　お兄、小説を書けたことがないっていうなら、お兄の小説はまだこの世に一つもないし、「あれを書かなくてはいけない」と思うような対象はまだ見つかってもいないんじゃないの」

「え、はい」

「だから、お兄はもうちょっと頭を切り替えるべきだわ。好きな小説はたくさんあるんでしょ。あれってべつに小説らしい小説じゃないでしょう？」

「はい」

兄は靴を脱ぎ、玄関マットの上で三角座りをした。私はその前にしゃがむ。

「その作者の小説でしかないでしょう？　兄が好きなのは大体「これは……小説？」っていう小説じゃないですか。そういうのが好きだから余計に小説っていうものを書こうとするとき目印になるものがないのかもしれないけど。でも、そこで既成概念もってきたらあかんわなあ。詩が基準になってるからそうなるんやろうけど」

「はい」

「ここら辺で情景描写せなあかんやろなあ、と思って入れてない？　これだれが話してるかわからんやろから、誰々が言った、って書かななあって思ってない？　そのルールはだれが決めたん、その普通はだれが決めたん、自分が決めなあかんのちゃうの？　書くのはお兄やろ、お兄が全部決めなくてはいけないのではないですか、勝手に思い込んでる既成概念に頼って書くんじゃないよ、お兄の詩はどっこもいわゆる「詩」ちゃうやろ？　私はあなたの詩のことは、ちゃんとちゃんと褒めてるんですよ？」

「ありがとうございます。あずささんはいつもぼくに指針となる言葉をくださって、ぼくにとってはなくてはならない人です」

「え？　ああ、怒りすぎた……ね？」

「いえ、ぼくが全て悪いので……ね。でも、やっぱりだれが言ったかわからん台詞(せりふ)ってありますよね。わからんし、わからんままやとあかんやろなあってとき。そういうときは書くしかないじゃないですかあ」

「ええんちゃう」

「えっ」

「小説なんてそんなもんやし」

「え、えっ？　ええっ」

「読んでる人はそう思ってる」

「恋かというほどに今、心がバクバクしてます」

「あれでしょ、どうせ、詩的にこういうのを書かなとおもってたんでしょ。ルールを守りつつ、既成概念に全てを委(ゆだ)ねないように」

「はい」

「それがあかんのちゃうかなあ。そのルールは意味があるからね。ルールは無駄やないんやけど、ルールというものを受け入れずに消化せずに、一応で取り入れて、小手先で歯向かうのがよくないね」

「こわい。こうやって人は洗脳されていくのかもしれない」

「そうや、今、私はあなたを洗脳しているんや、なんとしても賞を取らせるため」

「やめてくださいね。冗談でもそれはきつくつらくかなしいから」

「小説を買って小説を読む人は、それが小説やってわかってるから、小説にそういう記述があるのはあたりまえやとおもってるんじゃないかな。お兄はいわゆる小説というものを追いながら、小説らしく言葉を演出することに抵抗があるんやろ？　つまり小説として振る舞うことに抵抗があるアンドさもこれは小説じゃありませんよ〜って風に書こうとしてるけど、みんなレジまで本持って行ってるから。小説やとおもって読んでるから。その抵抗は無駄なんとちゃうの？　つまり、これはどうせ小説ですからって開き直りが足りないのだ、きみには！」

「そんな乱暴な！」

「開き直ってないから自分のルールが作れないんよ。ルール作成のフェーズに入れてない。私はなんでこんなわかったようなことを言っているんやろ？　でも小説書くなら小説やしって開き直って無責任になるとこは、いるのでない？　なんだって無責任な存在感が重要だったりするよねえ、重役会議とか」

「……つらたん」

「詩らしく書こうとなんてしてないやん。いつも詩は自由だからええんや！　っていうてるやん。選評とか読むと。その面の皮をなぜ小説でも発揮できないの」

「俺の書いた詩、やっぱ好きではないのね」

「そうだね」

　あにはしゅんとしました。

「俺はでも、もしこの人に読んでもらえたなら、他のだれに貶されてもなんとも思わないなという作家が何人かいて、その人がいつか読んでくれたらと願いながらそれだけのために書こうと思っているんです、最近」

「素晴らしいことですね」

「どうだろう、今とても精神論を述べてしまった気がして恥ずかしいな」

「そんなことはないですよ」

「プロポーズもそれくらいでいい気がするんだ」

「あっ、ゆりちゃんのはなし？」

「小説はゆりちゃんが読んでも仕方ないとおもってるけど。ゆりちゃんにだけ伝わればそれでいい、的なプロポーズをしたいとおもっている。俺は、まずプロポーズの台本を書こうとおもっている。小説より。それが伝わるかどうかわからないけど……」

「うん、応援しています」

でも。

兄が伝わるかどうかわからないと言っているとき、大抵それはマジでただ伝わらないので、私は天井を見上げた。引っ越してきたときから、少しそこは焦げている。玄関でフランベでもしたんだろうか。

「あそこ、焦げてる」

兄もまた見上げていて、それを指摘した。


という会話を全て録音しておいて、私はゆりちゃんに聞かせました。それが早いと思ったので。さきほどまでの会話は4日前、兄が急に私の一人暮らしのマンションにまで来てまくし立てたもの。今、ゆりちゃんは真っ赤な大きなヘッドホンをつけて、目を閉じています。臨場感を、求めているの？

「わたしは受け身ではないですよ」

「そう？」

「不動明王というのはおもしろいですね」

「さすがお兄」

「そうだね」

ヘッドホンを外すと髪がサラサラ流れていくし、絡まれ絡まれと祈ってしまう、そうしたら首を曲げたりしてそれを取っていかねばならず、私はゆりちゃんの首筋が普通に好きだからそれがしたい。

ゆりちゃんと初めて会ったのは大学そばのファストフード店で、ゴリゴリのチェーン店で勝手にオリジナルバーガーを作って提供しているゆりちゃんが好きで好きで、私はそこで働き始めた。ゆりちゃんは午前中シフトだったから合わせると大学にほとんど通えなくなって、結局中退したけれどまだ一つも後悔していないよ。兄は私経由でゆりちゃんを知り、ゆりちゃんは兄を好きになって、私は彼女の仮の妹となった。

妹？　今ではその価値がよくわからない。あきらくんと結婚しても、兄がゆりちゃんと結婚しても、私たちはやっぱり他人であり、こうしてときどきパフェを食べに行くだけだ。

「この録音は、お兄さんは知らないの？」

「あ、知らせてないな」

「うっそお、たまらない！」

ゆりちゃんはそうして指で鼻を豪快にこすった。彼女はそういうことがそういう感じでできる人なのだ。

「そう？」

「背徳感がとてもあって、これからもぜひお兄さんとの会話を録音して届けてほしいなって思いました。それから、お兄さんはわたしのことをなんだかすごく大切に思ってくれていて、とても嬉しいです。でもわたしはなんにもわかっていないだけなんです。いいんだろうか？　いいんでしょうか？　わたしは、なにをやってはいけないかがわからない、急にみんなが怒るから、いつも慌てて謝るけど、学習のしようがないんです。どうして先にそういうことに気づけるひとになれないんでしょう。知らないうちにストレスをためた人が周りにたくさんいるから、だから盗聴は素敵だと思います。そういうことが避けられるでしょ。ソリューションだ！　わたしも、盗聴しようかな、職場とか、家とか、電話回線とか、電車内、よく行く喫茶店、ボウリング場、イタリアン、中華、スーパーあおぞら、安元温泉」

「それも怒られることだよ」

私の言葉にゆりちゃんは顔を真っ赤にさせた。こういう顔をさせたくないのだ、私は。ゆりちゃんと関わる自分がとても罪人に思えるし、つまりやっぱり盗聴はやってはいけないことなんだ……。反省もする。

「あ、あ、ああ！　そうだ、彼にも盗聴を勧めてはどうだろう。小説が書けないならわたしたちの生活を書き取ればいいんじゃないのかなっ」

ゆりちゃんがすばやく机をぼぼぼと叩く。

「小説より、プロポーズのことはどうでしたか？」

「どうでしたかって？」

「たぶん、これから兄は意味不明なことを言って意味不明なことをすると思うんですが、それを全てプロポーズのつもりなのねって受け止めてくれないかなと思いまして」

「うん、がんばる。それもがんばるね」

ゆりちゃんは手帳にプロポーズと書いた。ほぼ日手帳愛用者ですよ。

「あずさちゃん、どうせならきょう、泊まってく？　ぷろぽーずあるかもしれないし」

ゆりちゃんのそんな誘いに乗る私も私だと思う。


ゆりちゃんの家に行くと、どうしてかあきらくんがテレビの前にいて、その隣で兄がパソコンに向かっている。

「本当に来た」

とあきらくんがこちらを見て言った。玄関で靴もコートも脱いでいるゆりちゃんを見ると、「あずさちゃんと会いたいと言うから」と答える。私は、この面倒な状況をゆりちゃんが作り上げたということが信じられなかった。もちろんゆりちゃんの気持ちを無下にはできないけれど、あきらくんがなんでここにいるのか、なぜ先に教えてくれなかったのか、ということに対して、ゆりちゃんを正直責めたくなる。

大きな氷に、千枚通しを突き刺すような、感触があって、それは私の手の中で、細胞の中で生まれた幻覚だった。

「会いたいっていうなら、私に連絡をしてください、事前に」

私は別に、まだあきらくんに別れ話をしていない。連絡先だって消していない。メールの返事もしてませんでしたっけ？

「うん、驚かせたくて」

　あきらくんは立ち上がるし。

「驚かせたくてって、驚かせたいという気持ちが実際のところどういうものか、ちゃんと分析したことがありますか？　私を喜ばせたいの？　悲しませたいの？　驚くっていうものがどういうものかわかっていますか？　あなたは仕事先でもそんなことをしているの？　しないでしょう？　そういう軽薄さにわたしを巻き込まないで」

　悲しくなる、爆撃機のようになる自分が悲しくなる。

「あずさちゃん？」

　ゆりちゃんは驚いているし、兄は全部無視して何かを書いている。あきらくんは、難しいことを言うなあって顔をしてそのまんまのことを呟く。私は、あきらくんがバカだとどうしても思ってしまう。ゆりちゃんと彼は、大体同じ思考回路であるはずなのに。

「好きな人に会えたら嬉しいんじゃないの？」

　あきらくんは言った。自分のことを「あなたが好きな人」と表現する人がわたしは本当に無理なのに。

「すみません、やっぱり帰ります」

　わたしは家を出ようとする、やっとそのとき兄の声がした。

「え、なんであずさがいるの」

「連れてきたんだけど……」

　ゆりちゃんの説明も、今はなんだか虚（むな）しい。ゆりちゃんはもうキッチンの冷蔵庫を開けて、スーパーのビニール袋をその前に置いた。牛乳が腐らないように。わたしはまだ靴を履いたまま。わたしは、自分が勝手なことをしているとわかっていますよ。

わたしは彼らから目を離さないように、でも手はノブを握り、玄関を出て、扉を閉めた。あきらくんもゆりちゃんも出ては来なくて、でも、兄だけが顔を出す。追いかけてくる。

「あずさ帰るん？　もう遅いよ、くらなるよ」

「びっくりしてん」

わたしは歩きながら言う。

「あ、ああ。あきらくんが、いたな、そういえば」

「びっくりしてん」

「うん、びっくりするよな」

わたしは兄を見た。兄はついてきていた。兄はわたしを見ていた。わたしは、やっと泣こうって思えた。

「いややねん！　あの人嫌や、なんで、なんでそんなことするんやろ、いや、わたしがおかしいのはわかるよ、恋人が待ち伏せしてたら喜ばなあかんねんやろ、わたしはあきらくんのこと好きやないのかもしれなくて、だから、こんなこと思うんかもしれん、だから、わたしが悪いんやけど」

「いや俺やって、ゆりちゃんに予想外のとこで待ち伏せされていたら嫌だよ。ゆりちゃんに盗聴されても嫌だし。携帯を見られるのも嫌だ。困ることはないと言ったって、嫌だよ」

兄はそうしてゆりちゃんのものらしきサンダルに踵（かかと）をはみ出させたまま、わたしの隣を歩く。わたしを部屋に連れ帰るつもりはもうないらしい。

「ゆりちゃんのこと好きじゃないの？」

「好きだけど、嫌だよ」

「そんなことある？」

「あるよ。あたりまえやろ、好きって思うのは相手を他人と思ってこそや。そこには距離があるんであって、自分と同一化はしないいんだよ。プロポーズの原稿を書いていると余計に思うよ。というかプロポーズが必要な時点でさもありなんだよ。相手が、そこを守ってくれないなら、それは不快だよね」

「わたしは……ただ待ち伏せされただけでなんでこんなに泣いているんやろう。これ、おかしいよな、あきらくんにもゆりちゃんにも失礼よな」

「おかしいとかはええんちゃうか。みんな、どこかしらおかしいよ」

兄はわたしを呼び止めて、自販機でホットレモンと、コーンポタージュを買った。わたしはホットレモンを選んだ。兄はどちらかしか、寒い時期は買わない。

「帰らんでええの」

また、家とは逆方向に歩いている。

「ええよ。あきらくんのことは？　嫌いなん」

「嫌いではないけど……わたしはゆりちゃんの弟でなくてもあきらくんと付き合ったか、考えてまう」

「うん」

「ゆりちゃんの妹になりたいだけではないかとか思ってしまう」

「うん」

「まだ好きやないってだけかもしれないけど」

「うん」

兄は、それからぼうっと遠くを見た。

「ゆりちゃんはやってええことと悪いことがわからんって言うてた。その意味がやっとわかったかもしれない。わたしは、ゆりちゃんを自由な人だって憧れていたし、ゆりちゃんにいらつく人を下らないと軽蔑していたけど、でもなんかずっと、関わりすぎたくないとは思っていて」

「俺は、ゆりちゃんが好きだよ」

兄は急に早口でそう言った。

「知ってるよ」

「俺はゆりちゃんが好きだよ。でも本当はゆりちゃんの夫や恋人になりたいとは思っていないんだよ、家族っていうものになりたいって気持ちがわからないんだよ、俺は、家族というものにあんまり、心地よさを感じたことがないから。俺は本当は、ゆりちゃんの飼い猫になりたいと思っていて……それは叶わないから」

「何を、言っているの？」

「猫になりたいんだよなあ。いいよな、あれはちゃんと透き通っている」

「何を言っているの？」

「猫」

「何を言っているの？」

わたしはどんどん速歩きになっていった、涙がひゅんひゅん出てきて、兄の声はでもずっと近くに聞こえた。ねこ、ねこって言っている。なんだか悪夢みたいだと思った、でもそう、そう、わかる。わかるか？　本気で？　わかるか？　実家の部屋の隅でこちらを睨む、猫のことを思い出す。

「猫だよ！」

兄はわたしの手を摑んだ。

「うう……」

「猫だよ、わかる？　猫になりたいんだって認めたらいいんだよ、俺とお前は今、猫みたいなもんだろ、都合よく家族になったり他人になったり。俺は、そういう関係になりたいんだよ、ゆりちゃんとも」

「……わかる」

「たぶん結婚だと失敗する」

「うん」

「でもこの世にはそれしかない、だって俺は人だから」

「うん」

「だから覚悟がいるんだ」

「うん」

「猫だって思っていればいいんだよ、本当の理想は猫だって」

「猫だ」

「そう」

「猫だね」

「そう」

猫とか、全然わかんない。けど、でもわたしはやっと鼻をこする気になる。兄のくれたホットレモンの蓋をやっとあける気になる。

「帰らなくていいの？」

「あれは俺んちじゃないよ、ゆりちゃんの家」

もう同棲して1年は経つのに、兄はそう言ってしまうのだ。


ほーとフクロウの声がした気がした。わたしが目を開けると、兄の携帯のアラームの音らしい。わたしの部屋。カーテンが風によって揺れて、隙間から光がもんもんと漏れる。わたしは、ベッドの下、床に寝ている兄を見る。

昔流行っていたXLの蛍光グリーンの恐竜パーカーは兄にも若干大きかったみたいだ。兄は微動だにせず眉をしかめて寝ているが、次第に「う、うう」と起動したてのパソコンみたいに呻く。朝だ。

こんな風に目を覚ます人ではなかった。わたしと兄が二段ベッドで寝ているときは、快眠の権化のように、光を浴びカッと目を開け、冷蔵庫からヤクルト取り出し一気飲み。という少年だった。兄は、兄ではあるけれど、もう兄ではないのかもしれない。

「猫だ」

言ってみる。ゆりちゃんよりは、まあ、まあまあしっくり来ていた。

意味不明だったのはわたしのほうなので。


あきらくんがわたしを呼んだのはその日の夕方のことだった。赤いファストフード店で、コーヒーだけを買って、2階席に行くと、スーツを着たままであきらくんは窓のほうを見つめていた。

「仕事終わったの」

「終わってない。そして昨日はごめん」

「わたしもごめん」

あきらくんの手元にもコーヒーしか置かれていない。どうしてこのハンバーガーショップを選んだのかって、あきらくんの会社のすぐ近くだからだろうか。

「19時からまた会議があって、それまでしか時間がないんだけど、たぶん、それでもすぐこの話は終わると思うから」

「あきらくんのお姉さんに、わたし憧れていたんだよね」

あきらくんの向かいに座る。

「うん？　うん」

「あきらくんのこと、ゆりちゃんが紹介してくれるなら、と正直思ってたし、ゆりちゃんと家族になれるならいいなとか夢見たこともある」

あきらくんはコーヒーのプラスチックの蓋を爪で開けて、紙コップの縁にくちをつける。

「俺は、姉さんはただの常識知らずだと思っているけど。そういう人がいるのはわかるよ。俺だって、あなたのお兄さんに憧れていたしね」

「そうなの？」

「俺はあの人の本、たぶん全部持っているよ。知り合う前から買っていて……何、うそじゃないよ。あの人にもまだ言えてないけど」

「お兄に読者がいたんやね……」

あきらくんはまたコーヒーを飲む。

「どう？　罪悪感、きえた？　俺が昨日は悪かったんだから謝らないでほしい」


ゆりちゃんにはじめて紹介されたとき、彼はゆりちゃんがいるあいだ、ほとんど言葉を発しなかった。ただ店の会計の段階になって、「こういう場を、もし、姉が勝手に作ってしまったのなら謝ります」とだけ呟いた。わたしはゆりちゃんのような人に、直接反論したり意見したりしない彼が何を考えて生きているのか、本当はあのときから気になっていたのだ。

だってだれでも彼女に対しては怒るか甘えるか疑うかするから。

「でも、出ていったのはわたしだから」

「待ち伏せしたのは俺だから。いいんですよ」

「あきらくんは、昔からそうなの？」

「ええ？」

「いっぱい察して、相手にむやみに吐露をさせようとしないように試みているね」

わたしの言葉に、あきらくんは困ったように笑った。

「そうやって、まっすぐに指摘しない。気づかないふりができるようになると人生が楽だよ」

「わたしが、ゆりちゃんを起点にあきらくんとのことを考えていること、そこに申し訳なさを感じていることに気づいていたんでしょう？　だからお兄のことを言った。お兄にすら言ってないことを告白してまで、言ってくれた。そうしてわたしには頷くだけでいいような言葉を投げかけてくれる。そんなことがどうしてできるの？」

「……あずさちゃん以外にはうまくできないよ」

「そうなの？」

「うん。あなたにはおもしろいぐらい話が通っていくから、だから調子に乗ったんだと思う。姉さんに誘われたってのもあるけど、でもやっぱり昨日連絡をしないのは良くなかった。あ、おもしろいって言ったらバカにしてるみたい？　俺はただおもしろいって思っているだけだよ。こころがワームする、あったかくなる。俺の話はそれぐらい、今まで通じなかったんだよ、だれにも、姉さんにも通じなかった。俺が言うことは的外れで押し付けがましいから、ちゃんと相手の気持ちを聞こうとしろって言われていた、なんにも間違っていないよな。でも、あなたに会って、俺はこのままでいてもいいんじゃないかと思ってしまった、それであんなことをして、俺は本当に申し訳なくて……いや、けっしてあなたの気持ちが全部わかるってわけではないよ。ただ、言いたいけど言えそうにないことを、俺が代わりに言うことが、風穴を開けたみたいに感じて、俺がね、俺自身が気持ちいいんだ、言ってはいけないことを言っているって会社では言われる、出禁になった取引先もある。でも、やめられないんだ。たぶん俺は気持ちなんてなんにもわかってなくて、ただ、会話を揺さぶっているだけなんだろうね、相手がギョッとするのを楽しんでいるのかもしれない、もしくはそういう視点でだけ人の心が見抜けるのかなあ。ギョッとすると、「わたしこんなことを図星に思うの？」って不安になるでしょ？　俺はそうやってあなたを洗脳してるのかもね」

「深刻な問題じゃないですか……」

「俺はだから昨日叱られて、むしろ安心したし、やはり俺はあなたと一緒にいたい」

　後ろの席に座っているカップルが「一緒にい〜」と歌い始める。

「俺は、きみのお兄さんに憧れていたけど、でもそれとこれとは別だって確信してる」

　隣の席の女性が、「だって〜！　ンッ、ウンメイ！」と足を振り上げて回る。横からは老人二人が花を片手にくるくると回る。

　彼らが、あきらくんの背後に集い、手のひらをパッパッパと背後で点滅させる、彼は、立ち上がる。ひざまずく。

「俺と、ンッ！　結婚してくれぇ〜！」

　手を差し出されたわたしという人は、猛烈に今、泣きたいのだ。


　とりあえず、立ち上がってみた。そういうものである気がしたから。あきらくんと向き合った。そういうものである気がしたから。

　あきらくんは言う、小声で。

「あずさちゃん、断っていいよ」

「でも」

　周りの人たちは手のひらをひらひらさせながら、あきらくんをきらびやかに演出している。

「いいから。ほら。やってみなよ、結構いいものだよ」

「ほんと？　え、ほんとに？」

かれのめにわたしが、うつっていた。

……。

……。

「ごめんなさい!!!」

頭を大きく下げると、あきらくんは黙って立ち上がり、膝をはたいた。周りにいた人たちはさっといなくなり、ふりかえると、ぞろぞろ階段を降りて行っている。日給。なぜかそんな言葉が頭に浮かんだ。

わたしはもう一度あきらくんを見る。もう、席に戻ってコーヒーを飲もうとしている。わたしと、目が合うと恥ずかしそうに笑って言った。「でも、まだ付き合ってはくれる？」

「え、うん」

わたしは席に着く。

「今のはフラッシュモブと言います」

「本当に断って大丈夫だったの？　断るなという圧が、すごかったけど」

「その圧に、風穴を開けて、どうだった」

「めっちゃきもちいいね」

「うん、おれもそうだったんだよね」

わたしは、今あきらくんと同じ顔で笑っている、とその瞬間、鏡もないのにわかってしまって、わたしは、この人の伴侶になるのは自分だけだろうと思った。まだ数人しか彼の前には現れていないはずなのに、この世界でわたしだけだろうと思った。なぜならこの瞬間、彼が笑うのをみたのはわたしだけだから。彼がみた笑みも、わたしだけだから。

「猫になりたいんだって、お兄が言ってた」

「猫？」

「ゆりちゃんの猫になりたいんだって、本当は。でも、猫にはなれないから結婚するって言ってた」

「全くわからないんだけど。え？　まったくわからない。あの人は、本当に日常までわけのわからない人なんだな」

「そう？　あきらくんはお兄の猫になりたいって思わない？　憧れでしょ」

「思わない。良い読者でありたい。あずさちゃんとは、老後もぼけたあとも一緒にいられるよう、結婚したい。……姉はそしてずっと姉」

「わたしもいつか、妻はそしてずっと妻、と、なるんだろうか」

「ならないだろうね、あずさちゃんは最初が違うから。って、え、それは？　妻になるってこと？」

「びっくりした？　風穴。ね、やっぱりこれ、きもちいいね」

なれないものを願うことも妥協することも怖いです。わたしはたぶん、あきらくんと結婚するんだろうなと思います。お兄よりも、もしかしたら早くに。

でも、お兄は必ず、小説を書くだろう。詩ではない小説を。そして、いつかゆりちゃんの、猫に生まれ直すのだろう。

などと、思うと吐き気がした。

ところで、あきらくんは青ざめていて、「あなたが泣いたときの気持ちがわかった、今確実に。驚かせたいから、あなたは妻と言ったんですか、それとも本気で妻になりたい？　ぼくに、改めてそれを確かめさせるのって、残酷だとは思わないいんですか。と、ぼくは昨日の自分にも言いたい。そうですね、驚かせたいっていうのはなんの理由にもなりません、ようくわかった」と今までにない早口で言った。「え、何何何、何の用なの」「驚かせるということの下劣さがよくわかったんです、本当に申し訳ない、気づかせてくれてありがとうございます」「は？　なにが？」「ああ、わからないふりなんて、謙虚な人だ！」「謙虚じゃないしなんでもないし、さっきから何、なんなんだ、こえーよ」「俺はそんなに怖いですか」「えっ、いやそこまでじゃ、ないかも……」「俺だってあなたを責めないように気をつけていてだから謙虚だとか、言っているのにその正直さ。正直でいる人って2種類いて、正直ゆえの殴り合いが起きることを是としている人と想像もしていない人です。あなたは後者だ。だから俺は気を使うのに」

「えーっと？」

「馬鹿正直ってことです」

私はこう見えても恋人が他にいたことだってあるし、あきらくんよりずっと普通の人とも付き合っていけたことがある。普通が何かは棚に上げてね。おかしなことを言ってしまうのはあなたに対してだけであって、それこそ、あなたの洗脳のせいでは？　うそです、正直に話していい気がしてしまっただけ。あなたが私の考えを言い当てるから。

「そう。正直さに不慣れさを感じる。怪我する前にごまかすすべを身につけたほうがいいのでは？」

「ごまかすよりずっと正直は心地いいですよ」

「そんなこたあ、人類誰もが知ってるんですよ」

　そうなのかあ。


　わたしはただずっと、わからなかった。お兄がプロポーズするとか言い出したときも、あきらくんが待ち伏せしていたときも、フラッシュモブのときもわけがわからないと思った。なんか、わたしには見えていないものをみんな見すぎていない？　みんな、何を見ているんだろう。何か、見えるからそういう判断をするわけやんね、それを、わたしは必死で追いかけて、納得していく、理解していく、見えるふりをするためにずっと一生懸命でした、生きるってとても大変でした。でも、なんかもう違うんだな、みんな見えてないんだな、ってさっき思ってしまったんです。なぜならわたしはわかってないのに、うっかりあなたと結婚する気になっていたから。


「うん。ほんとさっきは、変なこと言ってしまってごめんなさい、驚かせてしまってごめんなさい、妻云々（うんぬん）は、さっきのは撤回します」

「言われなくてもわかってますよ、そうなることは。あなたが簡単に否定するそのうっかりでできていたぼくの人生はなんなんだろうって、考えていただけです。あなたは、お兄さんになりたいと思ったことはないんですか？　おれはあるよ、姉さんになりたいって思ったこと。あの人たちはうっかりで結婚するわけじゃないんだ、わかっていて結婚するんだ、なんで？　理解ができない。あんな浅はかに見えるものが強く、頼もしく輝いて見えるのはどうしてだろう。俺はあれは開き直っているんじゃないかって、思っているんだ、人間はそういうものだって。そして、俺はずっとそれが人の完成形だと信じていた。俺たちは素朴なふりをして、無垢なふりをして、でもただ未熟なだけだ、この体で、この社会を生きておいて、それでいて無垢さも素朴さも守りぬこうとしていないんだ。こんなことで小説が書けるっていうんだろうか」「小説？」「開き直りは必要だときみが言ったんだろ？　小説だという開き直りはいるって、お兄さんに。だれも、小説ではないものを期待して小説を買ったりはしない。おれはあなたを人間であると思って、見ている、あなたが人間でないことなど期待していない、あなたはどうだろう、おれの口が裂けてそこから巨大なサメが現れたら嬉しいのか？　素朴さを徹底できてもいないおれたちは、開き直る勇気がないだけなんだ」

「わたしは」

　もしかしたら、開き直り、という言葉を使ったのがよくなかったのかもしれない、と、今思った。それは兄に対しての思いだったけれど。目の前の人は何を言っているのかわからないけれど。兄は、開き直らなくても、小説が書けるだろう。猫というなら。猫というなら書けると思ったんだよ。

「だれにもわからない言葉をお兄が握りしめていることに、だれが、評価を下せるだろう。わたしだって、それが正しいとは思わない。でも、お兄は小説を書くだろう、かならずね。小説と開き直ることはできないだろうし、お兄が理想とする「小説」ではないだろうけど、でも書けるだろう。猫の話を書けばいい、お兄はそれだけでいいんだよ」

「あんなのは自分をごまかすための言葉です。猫とか」

「自分というものよりその言葉のほうが強いことはままあるよ。作家が死んだって小説は残るんだ。その意味がわかる？　読む人は握りしめる言葉を探している。自分そのものではなくて、爪が食い込むように握りしめる言葉を探している。死ぬまで握りしめる言葉を。その意味がわかる？　人間は体を持っているんだ、自分が見えなくても、全貌がわからなくても、握りしめる言葉があれば、爪の食い込む感触が手にずっと反響する。この世界には、それしかないんだ。お兄はそれを自分で見つけた人だ、だから、かならず何かを書くだろう。わたしはそれを小説と呼ぶ」

あきらくんはもう、青ざめなかった。赤くもなかったが。「おれは、おれがいちばんあなたたちのなかで、まともだと思う」そう言って、キリスト教の祈りのように手を組んだ。「おれを孤独から救ってほしい」まっすぐにそして、わたしのことを見た。

時間はもう19時15分。あきらくんもわたしもそれを把握していた。

「俺はここであなたにどうプロポーズをすればいいか考えていました。俺の握りしめていた言葉はとてもくだらなくて、オリジナリティなどないものなので考える必要があったんです」

「それが、「孤独から救ってほしい」？」

「そう。そしてこの孤独は人間で埋まるものじゃないとも、ぼくは知っているんです。だからあなたが受けてくれたって意味はないんですが。社会というものに置き去りにされないという点では意味があるんです」

それはよくわかるよ。

わかる、兄の気持ちよりも何倍もわかる。わたしだってそうだ、人で埋まるさみしさなんてこちらは持っていないのだ。みんなが見えているふりをするっていう、そういうさみしさばかりだった。自分も仲間になりたいとか、そういうことじゃなくて。みんなが嘘をついている、それで一体感を作っている、だからさみしい、ずっとさみしい、憐れみって呼んでいいならそう呼んでしまいたい。あなたたちを見るといつもさみしくなる。でも、それはみんなも同じだと、みんなはだから手を取り合って、なんとかやっていこうとしているんだって、わかるから、わたしは憐れまないし、ずっと、キラキラしている天国に憧れるふりをしています。とても惨めな心地です。

物語など好きではない。会話文を読むたびにそんな風に会話できたことは一度もないと思った。兄が小説を書くなんて絶対にやめてほしい。わたしは、読むことができないだろう。でも、猫の話なら読めるかもしれない。なぜならそこには通じ合う思いなんて、一つも描かれないだろうから。

でも生きる。ってことができるなら、見せてくれよ。

「なんで私はあきらくんと付き合ったんだろう」

「俺もそう思います」

「絶対理由がないんだよ、ここで理由を作ろうとしたって仕方がない」

「俺もそう思います」

「もう、一生会わなくてもいいんじゃないかとさえ思う」

「俺もそう思います」

「でも、どうせまた会うんだろうねえ」

「はい。どうせ」

あきらくんはもう会議の時間だった。わたしはこれが別れ話だったのかプロポーズだったのかわからないなと思った。多分どちらも意味のない関係に私たちはなりたいのだが、そんなものになれるわけもなく、姉と兄が猫という、たったひとつ新品な言葉でつながろうとするそこに、甘えようとしている。惨めさだけが砂になって消えていく気がする。さみしさが残るまま、惨めではないと思うのは、花吹雪のなか、新婚のふたりを、拍手で迎え入れる準備ができたからかもしれない。白に桃色のうずまきが入った花びら、細い針金のような西日、いつまでも突き刺さり体の芯をぽかぽかさせている、舞います、花もあなたの内臓も。美しい場所でわたしは、ただささみしい。ただ、とてもさみしい。

あとがき

好きな人とか、恋とか、推しとか、夢とか、憧れとか、便宜上そんな言葉はよく使うけれど、その人へのどんな感情もそれはその人の名前以上に相応しいものは何一つないとわかっているのだ。すべての言葉は「便宜上」で、一つの事柄や感情だけのためにあつらえられた言葉なんてどこにもなく、だからこそすべてにおいて「ぴったり」であることはなく、どこかしらずれていて、それを修正したくて言葉を重ねたり、最初から語れなくなってしまったり。もしくはその言葉に頼りすぎて、自分の気持ちをいつのまにかその枠に合うようにチューニングしてしまったり。けれど、もしもちょうどいい、すべてがぴったりの言葉があったら、私はどんな言葉も追いつかないほどの思いを持つ相手を前にして、むしろ自分が透明になってしまったように感じるかもしれない。その人について語ろうとして、それがうまくいかないとき、それでも語ろうとし続けるとき、私は「その人の前に立つ自分」の輪郭をいやというほど感じます。その人に憧れたり、心を動かされたりするとき、その人の存在を肯定するあまり、自分がいなくてもその人だけがいればいいと思うことはあるけれど、それでも語ろうとする限り、言葉を探り続けるその軌跡が「私」の存在を教え、それらの感情はすべて自分から出てきたものなのだと、感じ取ることができる。自分にとって自分が不要なわけもなく、自分を充実させる憧れや愛おしさは、相手だけでなく自分がいて、やっと生まれるものなのだと気付かされるのです。

自分を愛せよと言われても、困ることもある、けれど困ったまま、自分がそこにいることを感じるすべはある。言葉という、ちょうどよくはない、不便であるはずの道具が、ずっと使われてきた理由はここにあるかもしれないと思います。

物語は、人が語り続けようとするから、そして語りきれないから、生まれるものなのだろうな。言葉だけでなく、本当は感情や「ひとりの人間であること」、存在するという事実も、またどこかで「ちょうどよさ」を感じられなくなることがある。ここにいるってなんだろうか、ひとりってなんだろうか。たくさんの人と共にいると、液晶画面だけを見ていると、自分が本当に確固たるひとりなのか、独立した存在なのか分からなくなる。誰かと繋がってしまっている、輪郭が曖昧になっていく、1対1で他者と向き合うつもりでも、相手にも自分にもそれ以外の他者とのつながりがあって、少しも独立した関わり合いができない、ということ、背景を踏まえてしか相手を見つめられないこと、今の一瞬が全てとは思えないこと、そして感情が、どこまでが自分のものだったのか、誰かに誘導されたものなのか、わからないこと。けれど、そのもどかしさがあるから探り続けている。そして行きつ戻りつするような関わりが生まれて、「私とあなた」にしか通じない一言や、関係が、もしくは「私とわたし」の関係が、生じるのかもしれない。物語はそこに全てを断定する名前をつけようとするのではなく、それらの軌跡をそのまま形として残すことができるものです。それは、きっと誰にでも通じる言葉で説明できるような関わりや感情ではないものを、そのままで見つめ続けようとするそんな時間を支えてくれる。曖昧なままで、だからこそ唯一のものとして、信じられる。どれほど巨大で、無数の人がいて、そして複雑で変わり続ける世界にいても、私はその中で変容し続け、そして多くを手放せず、記憶し続け、それでも忘れ、一茎一花のチューリップやバラのように、ひとつだけの自分でいる。変化の激しい空の下で、自分の人生の定まらなさを自分だけはわかっていたい。

そんなことを、この本を作っていて思いました。

読んでくださってありがとうございます。

本と人の関係も、きっと同じ曖昧さによって作られていると、私は最近思います。

初出

愛はいかづち。 ……………………「文藝」(2014年秋号　特集「十年後のこと」)

白鳥時代 ………………………… 書き下ろし

恐竜の卵 …………………………「文藝」(2019年冬号　連載「パパラレレルル」)

限界人魚姫 ……………………… ネット

赤い光 ……………………………「文藝」(2017年冬号　連載「パパラレレルル」)

愛してるさん ……………………『Story for you』(講談社／2021年3月)

眠れる森後の美女 ……………… 書き下ろし

夏美の愛 …………………………「文藝」(2018年冬号　連載「パパラレレルル」)

電話線は赤い ……………………「文藝」(2019年秋号　連載「パパラレレルル」)

竹取未満物語 …………………… ネット

きみ推し …………………………「ユリイカ」(2020年9月号　特集「女オタクの現在」)

言語紀 ……………………………「文藝」(2020年春号　連載「パパラレレルル」)

きみはＰＯＰ ……………………「美術手帖」(2014年4月)

青よ空か火か ……………………「文藝」(2018年秋号　連載「パパラレレルル」)

記憶の麻薬 ………………………「文藝」(2019年秋号　連載「パパラレレルル」)

マッチ売りの友達 ……………… 書き下ろし

立つ鳥 ……………………………「文藝」(2017年冬号　連載「パパラレレルル」)

ネックレスになるまで …………「文藝」(2017年秋号　連載「パパラレレルル」)

極北極 ……………………………「文藝」(2020年春号　連載「パパラレレルル」)

in 接骨院 …………………………「文藝」(2020年春号　連載「パパラレレルル」)

侵害 ………………………………「文藝」(2019年春号　連載「パパラレレルル」)

白鳥の湖のほとり ……………… 書き下ろし

私の位置エネルギー ……………「文藝」(2017年秋号　連載「パパラレレルル」)

氷河期行き ………………………「文藝」(2017年冬号　連載「パパラレレルル」)

∞親指姫 ………………………… 書き下ろし

猫はちゃんと透き通る …………「文藝」(2020年春号　連載「パパラレレルル」)

＊収録にあたり、加筆修正の上、一部タイトル変更をしております。

最果タヒ（さいはて・たひ）
1986年生まれ。詩人。2006年、第44回現代詩手帖賞を受賞。07年、第一詩集『グッドモーニング』刊行。同作で第13回中原中也賞を受賞。15年、詩集『死んでしまう系のぼくらに』で第33回現代詩花椿賞を受賞。他の著書に、詩集『空が分裂する』『夜空はいつでも最高密度の青色だ』（17年に石井裕也監督により映画化）『愛の縫い目はここ』『天国と、とてつもない暇』『恋人たちはせーので光る』『夜景座生まれ』、小説『星か獣になる季節』『少女 ABCDEFGHIJKLMN』『十代に共感する奴はみんな嘘つき』、エッセイ集『きみの言い訳は最高の芸術』『もぐ∞』『「好き」の因数分解』『コンプレックス・プリズム』、絵本『ここは』（及川賢治／絵）、清川あさみとの共著『千年後の百人一首』などがある。

パパララレレルル

2021年11月20日　初版印刷
2021年11月30日　初版発行

著者　最果タヒ
ブックデザイン　佐々木俊（AYOND）
発行者　小野寺優
発行所　株式会社河出書房新社
〒151-0051 東京都渋谷区千駄ヶ谷 2-32-2
電話　03-3404-1201［営業］
03-3404-8611［編集］
https://www.kawade.co.jp/
組版　株式会社キャップス
印刷　図書印刷株式会社
製本　図書印刷株式会社

Printed in Japan
ISBN978-4-309-03004-3